U0013000

S P R I N G

每一本好書都是一顆種子，
春天播種在你的心田夢土上。

Spring

S P R I N G

每一本好書都是一顆種子，
春天播種在你的心田夢土上。

Spring

S P R I N G

每一本好書都是一顆種子，
春天播種在你的心田夢土上。

Spring

S P R I N G

每一本好書都是一顆種子，
春天播種在你的心田夢土上。

Spring

# 幸福，不見不散

幸せで

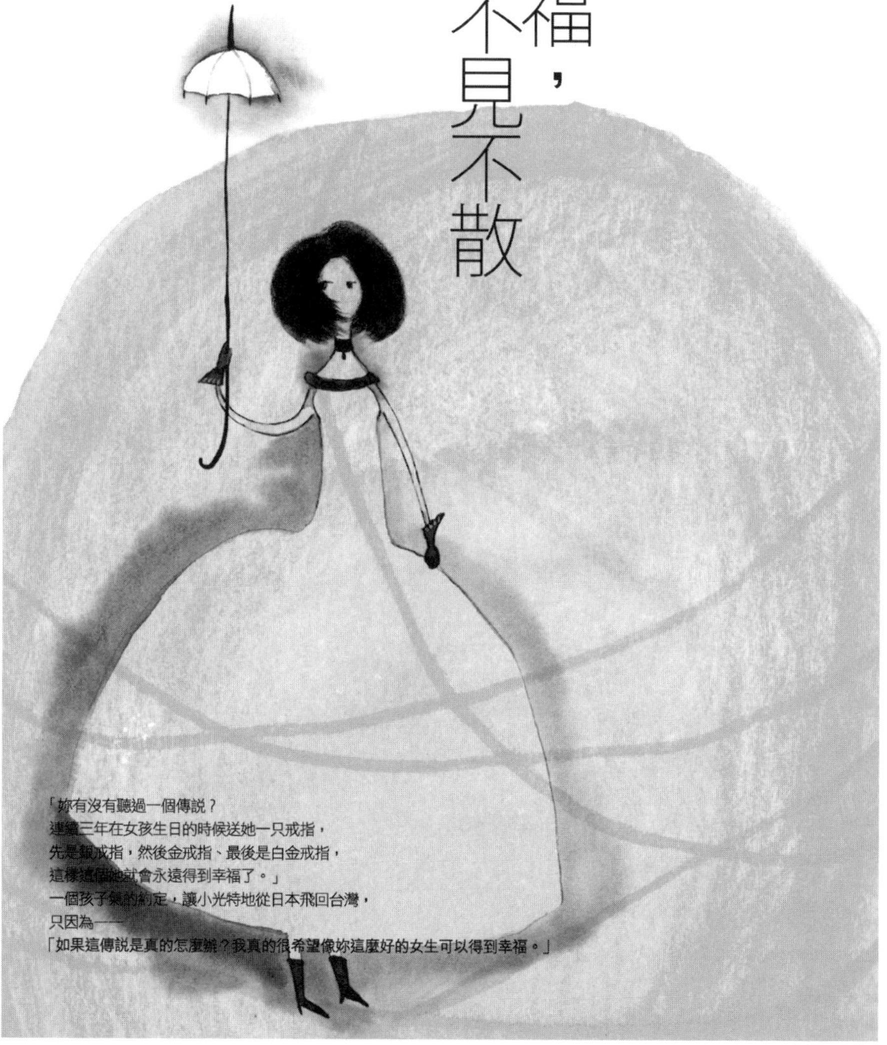

「妳有沒有聽過一個傳說？
連續三年在女孩生日的時候送她一只戒指，
先是銀戒指，然後金戒指、最後是白金戒指，
這樣這個她就會永遠得到幸福了。」
一個孩子氣的約定，讓小光特地從日本飛回台灣，
只因為——
「如果這傳說是真的怎麼辦？我真的很希望像妳這麼好的女生可以得到幸福。」

# 自序

這大概是我寫過最純愛的甜小說。

這是我寫作第一年的作品，當年我二十二歲，出版兩本小說，賣到出版社寄來一紙終身合約，我當時覺得害怕，因為寫作並不在我的生涯規劃裡面，於是我退了合約，捨棄橘子的筆名，跑到補習班去學日文，心想當個翻譯，將來三不五時出差到日本，講話還學日本女生頭歪歪。

而今我寫作即將邁入第六年，年紀不再開始想要那麼炫耀，出版過的小說也不再計算有多少，寫作變成我人生裡的重要部份，用回橘子筆名，還認認真真的照顧我的部落格，把它當作文字上的家一樣，就算再忙、也會捉時間上橘子文字債看看，面對自己是個作家的這件事情、也總算比較自在。

當初的這本《幸福，不見不散》（原書名《要幸福喔》）在決定正式收錄進橘子作品集時，一度猶豫要不要重新整理它，然而最後還是決定保持原貌，是因為雖然它沒有我後來小說的成熟、穿透，甚至還有那麼點令我自己害羞的青澀、孩子氣，不過它終究曾經是某個階段的橘子、所寫下的橘子作品。

希望大家都要幸福喔！

橘子

# 》前言《

我二十三歲，我沒談過戀愛，我這輩子不曉得已經忍受過多少次對方倒抽一口氣、然後驚訝的再羞辱、呃，不，再確認的問一遍：嚇！妳真的沒交過男朋友？

我真的沒交過男朋友，每次一想到這個，就實在是很圈圈叉叉。

這聽起來比較像是哪個天后在戒菸廣告裡說過的臺詞，什麼我十八歲，我不抽菸這類的，但是這絕對是兩回事！我們可以自豪的說：我二十三歲，我不抽菸，我沒做過壞事，不要說順手牽羊就是連無照駕駛的行為也沒有過，就這麼安安份份的過了二十三年。

但絕對沒有人會自豪的說：我二十三歲，我沒談過戀愛。

這對於一個誕生於西洋情人節的女人而言就好像是一種屈辱，在這個愛情過度泛濫的變態社會裡；事實上這就像是不舉之於男人一樣，是對任何人都難以啟齒，甚至不想正面承認的事實。

對於一個人活了二十三年，但卻從未被愛情糟蹋過的這件事。

絕對不是因為性格內向的關係，相反的，我話多到連出門買個炸雞排都能跟老闆聊上個把鐘頭，就是連睡覺也是說夢話說個不停；也不可能是長相出了問題，雖然我性格不過王菲、性感不過舒淇、豐滿不過天心、又知性不過胡茵夢，但是對於外表，我倒是有著相當的自信。

所以我得到一個結論，那就是在我身邊總是充滿著像男人的女人，要不就是像女人的男人，就算有正常一點的男人，他們和我討論的話題也不外乎是用什麼方法才能長出性格的鬢角，或者到底女生認為三角褲還是四角褲性感，要不就是哪個ＡＶ女優的胸部才是貨真價實之類的，簡直亂七八糟，完全不會想在我面前表現出高尚男人的一面。

完全沒把我當成女人看待。

不過我個人倒是覺得被當成哥兒們也沒什麼不好，雖然從來也沒有哪個哥兒們有一天突然深情款款的捧著我的下巴，眼底含著淚光的說他想要的其實不只是朋友，也沒有人和我訂下過幾歲之前彼此都還單身的話就乾脆結婚了之類的無聊約定。

但我還是會羨慕那些老是不花心思就能輕易得到愛情的女人，更別提同時有幾個男人搶著要她的愛情，還是總是和新舊男友牽扯不清，或者老是和乾哥乾爹乾弟乾兒子乾出問題的那些；雖然她們大部分的時間都把自己搞得又哭又笑，弄得神經兮兮疑神疑鬼的。

但是，有時候難免還是會想體驗那箇中滋味，想感覺一下為一個男人哭，或者讓一個男人為我哭是什麼樣的滋味，我不相信有哪一個女人不曾幻想過愛情的。

當然修女和出家人則不在此限。

「我覺得問題出在妳的眼光太高了。」

有一次，有個男生這樣對我說過，坦白說我不但非常難以接受，甚至覺得他算是個什麼東西？先別提他不是我的哥兒們、甚至我們連朋友都不是！並不是因為這句話說得不中我聽的關係，而是因為——

對方不過是個高中生！有沒有搞錯，小孩子懂什麼愛情！

嘖！簡直沒禮貌。

# 第一章

我今年二十三歲，但目前為止超過三分之一以上的時間都是待在日本。

我從一開始連五十音都不會，到後來可以用日文把電車上的色老頭罵到面紅耳赤，不知道這算不算得上是臺灣人的驕傲？但是在日本的那幾年簡直不是樂不思蜀所能形容的，根本就是樂歪了！

起因是高中考砸了，父親大人在看過我的成績單後，搖頭歎氣說與其重考一年給鄰居笑話，不如直接出國避風頭算了，沒想到這一避就是八年的時間；而之所以選擇日本的原因之一是它離台灣近，之二是他老妹即我姑姑就住在惠比壽，如此一來就可以就近監視我。

不過我想這足以證明父親大人實在太不瞭解他老妹了。

雖然老爸和姑姑是同個爹娘生的，但兩個人對待小孩的教養態度，足足可說是相差了十萬八千里之遠。

在家裡老爸規定的門禁時間是九點，而且還嚴格要求要一分不差；而姑姑最常說的一句話是：如果趕不上末班電車的話，就乾脆在朋友家住或是住賓館也無所謂。

我唯一無法忍受姑姑的一點是，她老是稱呼我為資深玉女。

我記得十八歲生日那天，姑姑興沖沖的帶我去銀座的一家牛郎店去歡度我的成年禮，最後她甚至問我要不要挑選一個回家過夜當作她送我的生日禮物？開什麼玩笑！一個女人畢生最值得紀念的初夜怎麼可以跟一個素昧平生的男人？而且還是個牛郎！不過是個長得像金城武的牛郎，坦白說我事後還滿後悔我到底在ㄍㄧㄥ什麼。

這種家裡沒大人的快樂日子一直持續到我大學畢業為止，畢業典禮一結束，我就接到父親大人打來通知我回臺灣的電話，那老傢伙甚至連工作都替女兒找好了！而且就是離家大概十分鐘路程的補習班，真是一輩子沒見過這麼愛控制女兒的老爹。

所以我就乖乖的到這家補習班教日文，從此開始我不幸的一生。

報到的第一天，我拎著課本開開心心的走進教室，然後一屁股就坐在老師的位子上，才剛抬頭想好好的端詳我的學生、表達我的友善和熱情時，沒想到馬上就給人下馬威了：

「妳是新來的吧？」

我抬頭四處張望，原來是個穿著制服的高中生毫不客氣的打量著我，正確一點的說法是，他抬頭用鼻孔冷冷的看著我。

「我？欸！請多指教。」

「那裡是老師的位子，角落還有椅子不是？妳不會坐到那邊去嗎？」

吭？這小鬼！

「我是新來的老師。」

清了清喉嚨、我笑笑說道，本來以為小鬼會慚愧的對我說真對不起，但沒想到他還一副懷疑的眼神，說：

「怎麼看起來像個大學生似的。」

開什麼玩笑！如果這小子再早兩天看到我的話，或許他還會當我是高中生也不一定咧！

因為本姑娘我當時就是以109辣妹的姿態重回臺灣的。

我永遠記得父親人來接機時，臉整個綠掉、差點沒調頭走人的表情。

雖然我沒貼假睫毛、沒塗白嘴唇、擦白眼影，只穿五吋高的鞋，而且裙子還穿到膝蓋上，但是那老傢伙還是激動的一路從中正機場到台中都碎碎唸個不停；而內容不外乎是頭髮黃成這樣像什麼話？衣服穿得不三不四的，鞋子一穿比男人還高成何體統……這類的，我當時只心想：還好我天生曬不黑，要不讓他看到女兒正宗109烤肉妹的模樣時，他豈不把女兒登報作廢才怪！

於是在他親自監督之下，我重新染黑頭髮，把自己打扮得活像個大家閨秀似的，鞋子不准高過三吋，連臉上也只准塗上粉紅色的口紅，整個人看起來簡直清純的不像話，以至於現在害我被一個高中生嫌棄了。

「對不起哦，我為我的娃娃臉向你道歉。」

我酸不溜丟的說，但這小鬼還真當一回事了，他臉不紅氣不喘的糾正我說：

「我說妳看起來像大學生，又沒說妳有一張娃娃臉，不過看在妳是老師的份上，我還是接受妳的道歉。」

嘖！現在到底是什麼情形？

我用力的打量眼前這個狂妄囂張的臭小鬼，他長了一張聰明臉，但是卻非常的瘦，乍看之下還倒有少女漫畫裡那些美型男生的味道，這小子頂上不知道用了幾罐髮膠才把頭髮給全部豎了起來，真想問他這樣怒髮衝冠的造型是哪裡在好看了？

如果不是因為他先惹毛了我的話，我會承認他還真有點像李準基。

濃厚的髮膠下是一頭茶色的頭髮，他在右耳垂和左眉骨各穿了個環，手臂上還有個奇怪圖案的刺青，我看他的嗜好八成是和自己過不去，而且小鬼雖然瘦但卻又愛作HI-POP的打扮，他的褲子歪歪斜斜的掛在屁股上，我猜他的襯衫一掀開肯定是露出半截花四角褲的那種。

嚴格說起來他脖子以上像傑尼斯的少男偶像，但以下則像是個洋腔洋調的ABC。

典型的現代迷失人，找不到自己的定位。

現在的小孩子老是這個調調，才不過看到了這個社會的某一面，就自以為什麼都懂了，老表現的比大人還懂這個世界一樣！他們總是以一種迫不及待的姿態長大，他們質疑這個世界，卻可憐的不曉得其實少了他們、這個世界一樣會運轉，太陽一樣東昇西下，這個世界有沒有他們一樣不完美。

為什麼我突然激動了起來？沒錯！就是給這小子惹的。

不過我當然只會氣在心裡面，而表面上仍是維持著一張好看的笑臉，因為我自許為一位非常成熟的現代都會女子；於是我簡單的以日文做完自我介紹，接著就請他們也如此做。

雖然我還是個教育界的新鮮人，但已經曉得要用最聰明的方法消磨掉漫長的上課時間，我簡直以我自己為榮，我可不想在若干年以後，過著到哪都得端著茶杯、否則就開不了口講話的聲帶傷害。

我感覺到非常的快樂，關於我真是個聰明的女教師這件事。

於是我在半個鐘頭內摸清楚了在座四個學生的底細，換句話說，我成功的消耗掉半個鐘頭上課本唱獨角戲傷害聲帶的時間；除了臭小鬼之外的三個女生，一個是待業中的妙齡女子，長相甜美、看起來不具任何的侵略性，之二是大學一年級日文系的女學生，之三是個正處於空窗期所以閒閒沒事來學點東西的歐巴桑，之四則——

原來臭小鬼在高職念日文科，我瞄了一下他的學校，在我遙遠而且模糊的記憶裡，當時還是國中生的我，一直認為那是個專出帥哥的學校，顯然眼前的臭小鬼徹底的證明了我當初真是年幼無知。

「那畢業後是準備去日本留學嗎？」

「嗯，我的目標是早稻田。」

「頑張ってね。」

醬張什麼！想當村上春樹的學弟？到時候這小痞子真進得了早稻田、本姑娘的頭就割下來給他當球踢。

「うちの母もここで働いている。」

（橘子不負責任日中翻譯：我家裡的老娘也在這裡工作。）

「本当？教師？受付？」

（橘子不負責任日中翻譯：真的？是老師還是櫃檯小姐呢？）

「社長。」

（橘子不負責任日中翻譯：老闆。）

什麼意思！這麼說來臭小鬼的老媽就是父親大人的朋友？當初就是這娘兒們亂出餿主意才害我不能在日本繼續逍遙！原來和臭小鬼還有這一層間接的恩怨在，但是無論如何我是不會讓他知道這事的。

「いいね。」

再和小鬼扯下去肯定沒完沒了，所以我隨便說了句無意義的話馬虎過去，就趕緊繼續上課了。

我們這家全省連鎖、多到簡直可算是補教界裡7-11的補習班，最大的特色是從早到晚課都排定了，就等學生繳了錢拿了學生證，然後愛上不上就隨他們去。

所以我老覺得這裡四處充滿著悠閒的氣息。

因此每次來上課的學生並不固定，但是臭小鬼倒是每次都會出席，而且總是坐在我左手邊第一個位子，小鬼總是在上課前就提早出現在教室裡坐定，並且總是穿著制服，耳機裡放著吵死人的音樂，桌上總是擺著一瓶可口可樂，並且在二氧化碳還沒有消失的時候就咕嚕咕嚕的喝光它。

雖然這是日文課，但是不至於有要學日本人大聲吃東西吧！我可以忍受他們多禮數、重輩份，甚至全身赤裸和一群歐巴桑在公共澡堂裡洗澡我都可以甘之如飴，但是就唯獨這點無法忍受！

因為從小父親大人就是這麼樣吃飯的，以致於每次女兒不是得提早吃就是吃剩飯，為的就是避免受到那噪音的干擾。

我簡直是恨極了大聲吃飯喝水的人。

「ね、お兄さん。」

（橘子不負責任中日翻譯：欸、老兄。）

「我不叫お兄さん。」

（橘子不負責任中日翻譯：我不叫老兄。）

「え？」

我一楞，不曉得小鬼又哪裡有意見了。

「失礼でしょう？いつも僕の名前が覚えられない。」

（橘子不負責任日中翻譯：真的很沒有禮貌不是嗎？老是記不住我的名字。）

嘖！雖然我的ＩＱ不高，但我的ＥＱ可是無人能及的，所以儘管心底幹譙得要命，但還是能保持著一張好看的笑臉，客客氣氣的問：

「じゃ、お名前は？」

（橘子不負責任日中翻譯：那，請問貴姓？）

「鄭です。なに？」

（橘子不負責任日中翻譯：在下姓鄭，幹嘛？）

「え？なになに？」

（橘子不負責任日中翻譯：疑？什麼幹嘛？）

「妳剛叫我幹嘛啦？」

「哦！我是說，你喝可樂的時候可不可以小聲點？」

「ＯＫ。」

ＯＫ個頭啦！清了清喉嚨，我試著笑臉迎人的建議他：

「ね、私は先生でしょう?敬語を使った方がいいでしょう?」

(橘子不負責任中日翻譯:欸,我是老師不是嗎?對師長的話,用敬語的話不是比較恰當嗎?)

「恐れ入りますね、分かっていたしました。」

(橘子不負責任日中翻譯:那我誠惶誠恐的在此聊表在下的歉意,小的這就明白了。)

這小鬼!禮貌形和謙讓語混在一起亂用一通!擺明了跟我過不去是不是?既然日文程度這麼好,作什麼老要窩在這個初級班惹我生氣?我不禁要懷疑我在他那年紀的時候是不是也這樣討人厭?

不過我想不通的是,像店長這樣溫柔賢淑的女人怎麼會教養出這樣狂妄的小鬼?

說到我們店長,沒想到她間接帶給我的苦難還不僅於此——

「巧巧喲~~」

一回到家,聽到老媽故作溫柔的聲音,我就知道肯定沒什麼好事。

「幹嘛啦?」

「喂！妳這丫頭！我是媽媽耶！」

「我知道呀。」

「那妳是不會用禮貌一點的口氣跟懷胎十月生妳養妳的媽媽講話哦？」

「母親大人，有什麼事您就請直說吧！小的赴湯蹈火在所不惜。」

奇怪？好熟悉的對話方式。

「也沒那麼嚴重啦！只是想明天請妳去永豐棧吃晚餐而已。」

「怎麼？妳打麻將又贏了不少錢呀？」

「妳這小孩怎麼搞的？跟媽媽講話老是沒大沒小的，不過最近手氣不錯倒是真的……」

「本來就是呀！突然的對女兒好了起來，又不是第一天認識妳了，肯定有什麼目的的吧？妳卡又刷爆了的話，我可是還沒領薪水哦！」

「嘖！養女不教誰之過呀！我說這個，妳今年也二十有三了吧！」

慘！我有種不祥的預感。

「我就直說吧！明天跟我一起去相親，對方可是妳們店長的表弟呢！應該是個好貨色吧。」

「我說，妳女兒也就是在下我，已經悲哀到需要相親的地步了嗎？妳就那麼看不起妳的女兒嗎？說出去不給我朋友羞辱死才怪！」

「那妳有沒有想過為人母也就是老娘我的感受？每天打牌時聽那些鄰居的閒言閒語，害我心一煩手氣跟著也差了起來！再說家裡其他小孩都已經有對象了，不但是妳大姐的小孩都要上小學了！就連妳小弟都已經訂婚了！就剩妳在家裡晃呀晃的，妳教老媽這張老臉到底要往哪裡擺呀？」

「妳就為了打麻將手氣差，所以嫌女兒礙眼要把我嫁出去？天底下有這種母親嗎？」

挑著眉、老媽有夠質疑的問我：

「還是妳有男朋友了？」

可惡！居然直攻我的弱點！這女人……

「我就知道，一看就是沒有被愛情滋潤的樣子，所以明天別遲到了呀！記得穿漂亮點。」

「不去！」

「去相親又不會少一塊肉，還可以免費吃豪華晚餐，多好？也不想想妳去日本花的錢都可以讓我買幾套香奈兒了！媽媽為妳做的犧牲難道還不夠嗎？媽這還不都是為了妳好！妳知道我為了明天陪妳去相親，可是推掉牌局、瞞著妳老爸去買了一套香奈兒耶！妳的良心是給老大吃了是不是？」

老大是我家的狗，日本純種的柴犬，胖得跟隻小馬一樣的胖狗。

「要給我朋友知道了，我臉往哪擺呀？」

「妳不說我不說不就成了？」

這倒是……

可惡！我老是鬥不過這娘兒們。

# 第二章

所以我還是乖乖的被我娘拎去參加我生平的第一場相親，為了表達我消極的抗議，我故意穿了一身大紅的洋裝，外加鮮紅的高跟鞋，而且還塗了豔紅色的口紅。

「妳幹嘛把自己弄得像媒婆一樣？」

「妳不覺得女兒這樣很美嗎？」

我挑釁的反問，坦白講，當老媽一看到我就皺眉的眼神，讓我有種報復的快感。

「妳要知道，媽這是為了妳好，媽是想在有生之年能了這樁親眼看著妳把自己嫁掉的心願……」

「少用苦肉計了，又不適合妳。」

「哼！被妳識破了也罷！我可告訴妳，對方是幹工程師的，今天還特地從新竹科學園區趕下來相親，妳可別故意出什麼洋相來，老媽可是一手幫妳把屎把尿給養大的，還會不曉得妳肚子裡的壞水？」

這娘兒們！連我這點壞心眼也看得出來？算她狠！

於是當我們母女倆抵達晶華十二樓的時候，店長和那所謂的竹科人已經坐在那裡乖乖的等候了。

一向溫柔婉約的店長還是一副溫柔婉約的模樣，再看看旁邊那個男人，倒也還好，雖然額頭高了點，臉色蒼白了些，但整個人看來倒還斯斯文文的，我開始後悔今天真是不該做這身打扮了。

不過我的後悔只維持到他們起身為止。

雖然我身高差點沒飆到一七〇，但我還是無法接受需要低頭看一個男人。

「你……多高？」

在雙方家長介紹完彼此之後，我忍不住脫口問道，而我的娘立刻狠狠的捏了我的大腿一把，害我措手不及的扭了一下腰，場面立刻陷入一陣尷尬，於是在座四個人很有默契的裝作沒聽到剛剛的問題，開始熟練的就對方的基本資料開始熱絡的聊起來。

不過這熱絡的氣氛還是僅止於雙方家長，我想那男的是還在為剛才的問題尷尬，而闖禍的那個人、也就是在下我只得努力的低頭猛吃，並且一邊聽著我娘是如何臉不紅氣不喘的公然說謊。

於是在她嘴裡不知道什麼時候我變成一個善廚藝愛運動的女生了？實際上我進廚房只會是為了開冰箱找食物，而且我在家裡的時候除了窩在房間裡，就是橫躺在沙發上看電視，要不就黏著電話猛講，我痛恨運動的程度到了甚至連學校裡的體育課都不曾出現過。

於是老媽說的愈不切實際，我就越是用力的低頭猛吃，免得我一時失察笑出聲來，所以當在座三個人都還在吃沙拉的時候，我已經要服務生幫我上牛排了。

當服務生幫我上主菜的時候，我發誓我簡直後悔的想一頭撞牆。

「媽！妳特地來監視我哦？」

聽到這聲音時，我連頭也不敢抬，恨不得把臉黏在桌子上。

「也是呀！不過主要是來幫你表舅相親的。」

「這個人……好眼熟的感覺……先生？」

於是我慢慢的抬起頭來，擠出一副比哭還難看的笑容。

「妳今天怎麼搞的漂亮成這樣！」

我看著臭小鬼臉上壞壞的笑容，真的有一種生不如死的感覺；於是我苦笑著點頭，然後連忙把空盤子拿給他，換過他手中的牛排，用兇狠的眼神暗示他識相點趕快閃人。

「巧巧是個很好的老師喲！小光本來都不會乖乖上課的，自從換易老師來教之後，小光每天下完課就會直接先去補習班了呢！」

「ね。」

臭小鬼不但不識相居然還歪著頭裝可愛。

「我……去一下洗手間。」

於是我逃命似的離開現場，我把自己關在廁所裡恨恨的搥牆壁，等到終於冷靜了下來之後，才能再平靜的回到那個令我生不如死的地方；當我回到座位時，雙方人馬已經熱切的交換彼此的聯絡電話，而至於臭小鬼早已經不知道閃到哪裡偷懶去了。

或許已經迫不及待的回補習班張貼公告了也不一定。

「妳不會真的要女兒跟那種人交往吧？」

在回去的車上，我冷著臉問一臉喜悅的老媽。

「他哪裡不好？斯文有禮的，年薪又過百萬，要換成是我早些年遇到他，我還會嫁給家裡那老頭？」

「拜託！他還不到一百七十公分吧？妳好歹也考慮一下優生學吧？」

「妳怎麼比妳老媽還落伍呀！都什麼時代了！男人又不一定要高。」

「要是老爸那麼矮妳還會嫁嗎？」

「就是因為有前車之鑑，我才覺得男人又不一定要高，妳看妳老爸不就是高而已，有什麼用？」

「那妳為什麼要嫁給老爸？」

「因為他向我求婚呀。」

「就這樣？」

「主要原因是他家開銀樓啦。」

嘖！跟我娘這種人討論愛情的真諦簡直是自討沒趣自取其辱。

不過就和我想的一樣，臭小鬼是鐵定不會放過這個消遣我的機會——

「お見合い是什麼意思？」

（橘子不負責任中日翻譯：相親是什麼意思呀？）

隔天我才剛踏進教室，小鬼就迫不及待的宣戰了！這小鬼他好歹也等我坐下喘口氣再開火也不遲吧？

「幹嘛問？」

「學問不就是要多學多問？」

可惡！這伶牙俐齒的臭小鬼！明明是想看我笑話還故意裝出一臉的天真。

「相親。」

「我覺得妳昨天穿的一身紅很漂亮耶！哪天也穿來給我們看看嘛！」

「疑？先生昨天去相親呀？」

慘了！全班跟著起哄了。

「呵呵！也不是我願意的啦！我只是被媽媽逼去應付一下而已。」

「老師妳沒有男朋友嗎？」

這小子！有的話我還會被拉去相親嗎？他是故意問給我心酸的嗎？可惡！

「嗯。」

「怎麼會？」

我要知道原因的話還會孤家寡人到現在嗎？

「倒是你、怎麼會在那裡打工？」

太好了！總算找到轉移話題的機會了。

「因為女朋友在那裡工作的關係。」

「いいね。」

當我開始說這些無意義的話時，就表示我想結束以上的話題了，但顯然我和小鬼的默契不夠好，因為他接著又問：

「那妳喜歡怎麼樣的男生？」

「這個嘛……我也不是很清楚。」

「え——這是說妳從來沒談過戀愛？」

我惡狠狠的眼神射向小鬼！

「那妳覺得我表舅怎樣？」

「關你什麼事！」

我想大概是我太兇了吧！因為小鬼就真的乖乖的閉上嘴巴安靜的讓我上課，我用餘光瞄到小鬼的表情好像是一個受了委屈的孩子，說真的就像是我這樣鐵石心腸的人，看了都要於心不忍。

少了臭小鬼上課亂發問的鬧熱，於是我們在異常沉重並且尷尬的氣氛下結束這堂課，但總覺得這樣裝作什麼也沒發生過實在不是我的作風，於是在大家忙著收拾細軟離開座位時，我決定用感性的態度和小鬼好好溝通我們之間存在已久的過節。

「ね、お兄さん。」

「我叫鄭光世。」

「好，我是說，我一直覺得你的程度已經可以再上一級了，去上日籍老師的課對你也比較有幫助吧。」

「妳還是討厭我嗎？」

「你怎麼會想成那樣呢？我只是站在一個老師的立場建議你而已呀，你如果在台灣先把日文學好了，這樣去日本就比較不會辛苦了呀。」

「那妳討厭我嗎？」

什麼時候我討不討厭一個人變得這麼重要了？

「你怎麼會覺得我討厭你呀？」

「噢。」

於是我滿意的點點頭，對於自己方才成熟而且知性的表現簡直想給自己打一百分了。

「其實妳如果和我表舅交往的話，那我反而會看不起妳。」

「え？」

「為了交往而交往，那不是很可悲嗎？再說、拜託！我都比他高了。」

我一抬頭，小鬼不知道什麼時候站到我面前來了，我這才發現這是我們第一次站在一起，原來平常看他坐著習慣了，沒想到他倒真還高了我那麼一點。

「哪有人這樣說自己表舅的呀？」

「我只是說話比較實在而已呀，而且我女朋友說老師很漂亮。」

「拜託！你女朋友是沒長眼哦？我昨天把自己畫的跟鬼一樣，回家照鏡子的時候還被自己嚇了一跳咧！」

「對呀！我也是這樣跟她說的。」

「喂！」

「哈哈！開玩笑的啦！」

小鬼開開心心的笑著，我發現他平常雖然喜歡裝成熟，但笑起來卻還是掩不了的孩子氣。

「妳為什麼都沒交過男朋友？」

在搭電梯的時候，小鬼又問了一次，看來他不是太難以置信了、就是真的很好奇：關於一個女人活了二十三個年頭，卻還沒有被愛情糟蹋過的這件事。

「緣份還沒到吧。」

這是我一貫的回答模式，截至目前為止，我起碼被一千個人問過起碼兩千次。

「妳都沒有遇過喜歡的男生呀？」

「好像是這樣沒錯耶！不過每個我覺得不錯的男生，後來不是變成我的哥兒們，要不就是已經死會了，再不就是GAY。」

「哦……」

小鬼又歪著頭想什麼，我發現他好像每次認真思考什麼的時候，總是會習慣性的歪頭。

「我覺得問題出在於妳的眼光太高了。」

「這個嘛……應該不至於吧。」

「妳很喜歡歪著頭想事情耶！是學日本女生的關係嗎？」

「え——」

「到了，妳開車嗎？」

「沒有，我走路。」

「要不要送妳？我開車。」

「吭——？你有駕照？」

「快有了，走吧。」

於是我就搭了這五分鐘的便車。

坦白說關於小鬼會開車的這件事帶給我相當大的打擊！由於我國中畢業就先去日本了，而日本的交通又是出了名的便利，以致於我回到台灣的時候不要說是不會開車，就連機車也沒試著騎過。

「我明天要去學開車。」

一回到家，我倍受打擊的對各自橫躺在沙發上看電視的雙親說道。

「呀妳是突然想到哦？」

「ね、爸爸，我們一起去學開車好不好？兩個人不一定可以算便宜哦。」

「想要我幫妳付學費就老實講，這個月卡又刷爆了吧？只有在這個時候妳才會像個女兒一樣的撒嬌的叫我爸爸。」

哈哈！果真是知女莫若父呵！

「不過我說你哦！都幾歲了還不會開車，自己不覺得丟臉哦？每次出門都是我開車，鄰居問起來我都怪難為情的，只好騙他們說你有色盲。」

「我都一把老骨頭了還去跟小伙子學開車像什麼話！再說當初買車還不是妳堅持要簽在妳名下的，從那時候開始妳就應該有這種覺悟了。」

「真的難以置信！你就為了這個彆扭不肯學開車？這不是老頑固是什麼！」

「我是呀！怎麼樣？」

「@##$%……」

「@##$%……」

眼看著這兩個老傢伙又開始吵了起來，我只得趕緊離開現場，但是當我才轉身往樓梯跨了一步時，老媽的聲音又冷冷的在我身後響起。

「巧巧——剛剛張先生打電話來問候妳哦。」

「張先生是誰？」

「昨天跟小妹相親的那個金主。」

「我不會跟他交往的。」

「為什麼？」

——為了交往而交往，那不是很可悲嗎？

「拜託！他還沒我高耶！」

「那又怎樣？人品好才重要吧！」

「妳是老糊塗啦？我不准小妹和矮子交往！」

「矮子又怎麼樣？像你高又有個什麼用？成天只會囉嗦我們母女倆！」

「妳沒聽過個子矮一肚子拐嗎？」

「@##$%……」

「@##$%……」

「……」

這兩個老傢伙怎麼幾十年來就是吵不膩呀？

我想在別人的眼裡我們這樣的家庭應該不算正常吧！

閒閒沒事在家裡的時候，父親大人總是叼著菸斗穿著一貫的白色四角內褲，挺著大肚子的就整屋子晃呀晃的，而他的小女兒也就是在下我，則習慣在房間裡全身赤裸披頭散髮的走來走去，就算出了房間，總也只是一件小背心外加平口褲，不過最火辣的還是老媽，打從我有記憶以來，她就是一件薄紗罩著而已，難怪小孩一生就是五個。

如果說我的願望是能不穿內衣去逛街也不會被投以異樣的眼光，那這兩個老傢伙的願望大概是台灣全島變成天體營吧！

於是家裡姐弟們陸續都搬出去住之後，我們外加老大那隻胖狗總是就這樣橫躺在三張沙發上看電視。

# 》第三章《

這個假日，我的一票好兄弟好姐妹不約而同全去約會了，所以我難得安份的陪著兩老以及一隻胖狗蜷在沙發裡看「美麗人生」的VCD，就當播到木村拓哉打直了腰親吻常盤貴子的那一幕經典畫面時，門鈴突然響起，接著我們極有默契的伸出手猜拳——

穿薄紗的那個女人輸。

於是老媽馬上按了暫停鍵，披了件外套、踢了老大一腿然後一路碎碎唸的走去開門。

「會不會是小弟回來了？」

「他上個月不是才回來？可能是大姐吧！她好久沒回來了。」

「我猜是妳媽的牌搭子。」

「我猜是推銷吸塵器的。」

「你們兩個，有客人——」

於是我們父女倆不約而同的跳下沙發，直奔回各自的房間去加件衣服。

「哇！老大看到我們好高興哦！」

疑？怎麼聽起來很耳熟的聲音？

「牠怎麼越來越胖了，腫的跟迷你豬一樣。」

是店長和小鬼！

於是我又折回房間加了件內衣、紮了馬尾，然後才氣喘吁吁的下樓見客；當我走到客廳時那兩個老人家又是忙著倒果汁又是忙著找沒拆封過的零食，簡直忙成一團，就連老大也忙著吐舌頭搖尾巴。

「先生的腿好長好直哦。」

「小光，這樣不禮貌哦。」

疑？為什麼稱讚我身材好會被說成是沒禮貌呢？

「小光長大好多！上次看到你的時候才要升國中吧？現在看起來真像是個小大人了呢！」

「伯母也是呀！還是跟當年一樣年輕耶！這是怎麼辦到的呢？」

這小鬼！上我的課嘴巴就從來沒有這麼甜過。

「你今天不用打工呀？」

「快去日本了，我不准他浪費時間去打工呀。」

「小光好乖哦！年紀輕輕的就懂得要打工，哪像我們家小妹，要不是我給她找好了工作，可能現在還賴在日本不回來咧！以為家裡開銀樓就很富嗎？」

「別這麼說，巧巧可是很優秀的老師呢！小光回來都直誇她好……」

「那是為人師表該做的。」

就在一陣互相誇講對方小孩乖巧的混亂中，小鬼終於開口道出他們今天此行的真正目的——

「其實我媽今天來是想確認老師的心意。」

「疑？」

「呀！是這樣的，今天本來我表弟也想下來親自拜訪你們家，但我總覺得先問過巧巧的心意，這樣才不會冒昧。」

呼！還好！我還以為他們今天就來逼親了咧！

「這個呀……」

老媽的眼神瞄向我，而我瞄向老爸，老爸則是瞄向老大，老大則是盯著小光手上的巧克力，看來他們是不願替女兒得罪人家的，所以我只好靠自己了——

「真的很抱歉，但我恐怕是不適合張先生……」

「我就跟妳說咩！老師怎麼可能看上表舅。」

「也不是這麼說啦～～」

「呵呵～～」

在一陣尷尬之後，在場所有人除了小鬼之外，又開始互相客套來客套去的，而小鬼則是忙著拿零食餵爬在他腿上的胖老大。

當他們離去之後，我們三條人才各自回復原來懶散的姿態，繼續看著百看不膩的「美麗人生」，沒想到木村這一吻居然就吻去了一整個下午，所以當他說他的腰快斷了的時候，我們三人不約而同的哈哈大笑。

可能是那一幕停格太久了，所以那畫面一直停留在我的腦海裡揮之不去；當晚我在浴缸裡敷冰河泥面膜洗泡泡澡的時候，忍不住打電話給阿殺。

阿殺是我從國中到現在的好哥兒們，我在日本的八年時間他就起碼來找過我十次以上，因為他對於日本形形色色的賓館簡直迷戀到了上癮的地步，別提普通有卡拉OK的那種，尤其是還有邋鞦韆的更是教他大開眼界！而且最厲害的是每次跟他來的女生都不一樣，所以我想這個問題問他是再適合不過的。

「接吻是什麼感覺呀？」

「很難說耶！主要是看看舌頭怎麼參與啦。」

「舌頭？」

「哎呀！這一言難盡呀！要不下次見面喝咖啡的時候我親自教妳就懂啦！」

「神經病！」

「呱啦呱啦呱啦……」

「呱啦呱啦呱啦……」

「……」

哎！我的初吻到底何時才會實現呢？

其實我每年都會許四次願望，分別是生日、情人節、聖誕節和每年最後一天，每當這些重大節日的前一個月開始，我就會許願能在之前遇見我的Mr. Right，所以換句話說我已經落空了起碼超過五十次了。
於是今年我決定改變策略，刻意不許這個願，就希望在今年能實現。

# 第四章

自從我誠懇的建議過小鬼之後，他果真就改上日本老師的課了，他的教室就在我的對面，所以小鬼每次上課前，還是會先走過來這裡向我們打招呼或者扮鬼臉什麼的。

臭小鬼！

而這晚下課之後，我們又在電梯裡遇到了，他還是問我要不要搭便車？而我告訴他還是走路快些，奇怪的是，出了電梯之後，小鬼還是走在我身邊。

「你幹嘛跟著我？」

「我車停在妳家巷子口呀。」

「為什麼？」

「妳是不知道這附近很難停車哦？妳是天女下凡不食人間煙火哦？」

「那你剛才是問好玩的哦？」

「我是呀。」

這小鬼！還是甜言蜜語的時候討人喜歡些。

於是在這十分鐘的路程裡，身為長者的我只好負起找話題聊的責任。

「對了，你不打工的話，女朋友怎麼辦？」

「就分手呀。」

「吭？」

我對於戀愛是求之不得，而這小子居然能夠不當一回事的說出這種喪盡天良的話來！

「反正在一起老吵架，分開了也好。」

如果按照小鬼的邏輯，那我家裡那老倆口不早該老死不相往來？

「妳幹嘛一副很惋惜的樣子呀？人家不過說了句妳長得不錯的客套話，馬上就站到她那邊去了哦？」

嘖！竟然被小鬼看穿了我的心思！所以我只好巧妙的轉換話題，問：

「為什麼老吵架？」

「因為她老懷疑我花心呀！女人真麻煩。」

「請容許我提醒你好嗎？老師我可也是個女人耶！」

「這我知道呀！而且還是個有一雙美腿的女人，不過嚴格說起來應該還只能算女生吧？」

「喂！畢竟我曾經是你的老師好不好？於情於理你是不是該對我禮貌些呀？」

「不能說是曾經哦。」

「怎麼說？」

「我畢業之後晚上就會回去妳的班上課。」

惡夢呀～～

「ね！妳來參加我的畢業典禮好不好？」

「幹嘛？怕沒人給你送花哦？喏、五百塊夠不夠，自己去買束花再拜託哪個學妹拿給你不就得了。」

「妳真的很不識貨耶！妳難道沒發覺我到底是個時髦的帥哥嗎？很多人都說我長得像李準基耶！」

「哈！李準……講的跟真的一樣！你們這年紀的小鬼頭不就長這副德性。」

糟糕！是我一時說溜嘴告訴他的嗎？我怎麼記不得了？

「妳以為妳多大呀？」

「我就是比你大呀！怎樣？認命吧你！這輩子你是休想老過我的，告訴你、我吃過的鹽可是比你看過的米還多咧！」

「還妳走過的橋比我知道的路多咧！不過我肯定妳談過的戀愛絕對沒我多。」

可惡！居然直攻我的要害！

「不過我覺得妳好像搞錯了什麼。」

「啥？」

「我們的父母是朋友不是？」

「て？」

「所以嚴格說起來我們是平輩才對。」

「誰跟你這小鬼頭是平輩了？」

「幹嘛老叫人家小鬼頭呀？很沒禮貌耶！妳應該叫我一聲前輩才對。」

「前輩？」

「嗯，就戀愛界而言我是妳的前輩沒錯。」
「嘖！我家到了，bye。」

「喂！」
「幹嘛呀？」
「六月十四日，要來哦。」
誰理他呀！

當晚洗泡泡澡的時候，我又忍不住打電話給蠻牛，我的另一個好哥兒們，雖然只來日本看過我兩次，情史也沒阿殺拉風，更沒去過有邊鞦韆的賓館，但也是另一個可以讓我發洩情緒的好哥兒們。

我發現每次和小鬼過招之後，總會需要找個哥兒們聊些沒營養的話題，才能平復我的生氣。

還好我有很多就算半夜三點打過去也不會被掛電話的好哥兒們。

我沒去小鬼的畢業典禮，如果換成是在國中的時候有人這樣邀約我，我肯定凌晨六點就跑去等著看帥哥了！但畢竟現在我已經是個成熟優雅的都會女子，對於那些腦子裝滿蔡依林楊丞琳的小鬼頭早已經失去了興趣。

重要的是，我壓根忘了這件事。

當小鬼再度出現在我的課堂上搗亂我的上課情緒時，我才猛然想起來好像有這麼一回事。

除了我以外的所有人好像都還挺懷念和小鬼一起上課的日子，不過坦白說，在同樣的地方看小鬼以不同的裝扮出現，感覺倒是挺新鮮的。

小鬼怒髮衝冠的造型已經不見，他改戴棒球帽、而且帽沿總是壓得很低，下巴多了一個環；小鬼穿便服的調調和穿制服時差不多，不過就是垮垮的襯衫換成了寬大的T恤，褲子不是滑板褲就是超低腰的LEVI'S，不用我說，T恤一掀開肯定又是露出大半花四角褲的那種。

要不是知道他開車，我真會以為這傢伙是溜滑板來上課的咧！

小鬼還是習慣坐在他的老位子，也就是我左手邊第一個位子，除此之外，就連上課找我碴的開場白都沒變——

「ね、お兄さん。」

「妳怎麼老是記不起來學生的名字呀？」

好樣的，果然又被教訓了！我才在努力的回憶著到底他姓啥名啥的時候，他就不耐煩的再次報上名來：

「僕は鄭たつです。たっちゃんと呼んでもいい。」

（橘子不負責任日中翻譯：我叫鄭光世，叫我小光也是可以的。）

於是包括我在內每個人從此就暱稱小鬼為かんちゃん，坦白說感覺還怪親密的；不過除此之外，小鬼連把車停在我家巷子口的習慣也不變——

「先生妳晃點學生哦。」

「え？いつ？どこ？だれ？なんで？」

（橘子不負責任日中翻譯：疑？幾時？在哪？和誰？為何？）

「六月十四日，学校，僕，卒業式。」

（橘子不負責任日中翻譯：六月十四號，學校，和我，畢業典禮。）

難怪！這小鬼今天上課特愛找麻煩的。

「拜託，我又沒說要去。」

「妳也沒說不來呀！害我同學都期待落空了。」

同學期待都落空？？

坦白說此刻我心底還真是小鹿亂撞著，不曉得小鬼在他同學面前是把我形容得多有成熟魅力？呵呵！真是難為情！可能我在那群小鬼頭的心底儼然是個高雅的維納斯也不一定！

於是在以矜持為前提之下，我故作漫不經心狀的問道：

「怎麼說呢？」

「他們一直很想看看二十幾歲卻還沒談過戀愛的女生長得是什麼模樣，我有幫妳講話哦！我跟他們說了還滿漂亮的，可是沒有人相信——」

娘的咧！

「再見！」

「巧巧喲～～」

慘！又來了。

「幹嘛啦！」

「一個月過去了，妳還是沒有任何戀愛的跡象嗎？」

「一個月過去了是什麼意思？」

「距離上次相親呀。」

「拜託！我今年才二十三歲耶！才不是三十二、四十二、五十二歲了！妳到底在急什麼呀！都什麼年代了！哪有人那麼早婚的啦！」

「很不巧、妳的手足們包括妳老娘也就是我剛好就都那麼早。」

「小弟也還沒不是？」

「問題就出在這裡！小弟說他怎麼可以做出比姐姐早結婚這種傷感情的事情來。」

這小子！明明是後悔跟人家訂婚了還拿我當藉口！可惡！

「妳跟小弟少在那邊唱雙簧。」

我火急的衝回房間，把老媽的攻擊抵擋在門外。

簡直是氣煞我也！居然在同一天之內遭受到一老一少的打擊，所以在捶完牆壁洩恨之後我決定考慮大頭之前的提議，關於結婚的提議。

我和大頭是高中時班上唯一的台灣留學生，我們有緣到連搭飛機去日本時都選到同一班，只是他坐頭等艙而我是經濟艙而已；大頭雖然頭大，但外表至少還過得去，起碼他的男人運就比我好。

男人的男人運比女人好？沒錯！大頭是個GAY，而且虛長我三歲的大頭這陣子剛好也遇到了同樣的煩惱，那就是始終不曉得自己兒子愛男人的大頭媽也開始拼了命的帶著大頭瘋狂相親，如果我沒記錯的話，大頭好像還提過一旦結婚的話，大頭奶奶將會分給他不少的財產。

重要的是大頭還說嫁給他這樣尿尿會主動掀起馬桶蓋，而且愛陪女人血拼，又鼓勵老婆外遇的男人沒什麼不好。

我現在覺得他說的真對。

「大頭，你之前不是提議我們假結婚嗎？」

說來也真是令人感傷，沒想到這輩子第一個向我求婚的男人竟然是個GAY。

「え——妳？上次還罵我蠢、嫌我愛錢、欺騙長輩、寡廉鮮恥的說。」

「哎呀！開玩笑的啦！哪有那麼嚴重，我看我們結婚吧！」

「可是……」

「你該不會向你媽招了吧？」

「怎麼可能！我才不會跟錢過不去咧！只是……有人捷足先登了。」

「不會吧——」我簡直幾乎要接近混亂的程度了！一天受到兩個打擊就算了，現在我向一個GAY求婚居然還被拒絕！於是我開始胡言亂語起來：「她比我漂亮嗎？認識比你久嗎？個性有我好嗎？了解你有我深嗎？你知道我在你身上有幾年的青春嗎？」

為什麼說這是胡言亂語？對一個明知不愛女人的男人說這偶像劇裡才有的對白就是胡言亂語。

「我當然比較喜歡妳呀！只是她比妳早答應嘛！重要的是她是個HOMO。」

「HOMO？」

HOMO是什麼意思？

「我後來想想她說的也沒錯呀！如果我跟妳結婚的話，哪天我跟妳看上同一個男

「人怎麼辦？」

「……」

# 第五章

原來HOMO是女同志的意思。

但是知道了這點仍然抵擋不了老媽強烈的攻勢，換句話說，我這個週末又乖乖的被那個狠角色給拎去相親了，再一次為了表達我消極的抗議，所以我故意穿了一身粉紅色上陣，更妙的是我把一張臉塗得死白，但是卻不擦口紅。

我簡直佩服起我的創意。

「妳要是待會看到了陳先生，肯定會後悔把自己弄成這副德性。」

「妳上次好像也這樣說過。」

「這次不會錯的，我先問過他的身高了。」

「這次又是妳打哪找來的？」

「隔壁街陳媽的獨生子。」

「我怎麼從來不看過？」

「因為他小學就去了美國，最近才回來的。」

這位傳說中的陳先生的確還是個不錯的男人，給人的第一印象也還好，而且這次沒有臭小鬼在旁邊搗亂，於是這場相親格外的成功，所以我們互相留了聯絡方式之後，老媽就喜孜孜的回家向父親大人炫耀。

其實我得承認之所以會考慮和對方試著交往的原因，百分之九十九是因為情人節又快到了。

既然對方看起來不像是個豬頭，對於一個全身穿了粉紅色，妝化得像個鬼一樣的女人也不排斥的份上，所以我認真的希望對方就是我的真命天子了！

看來不許願比每年許四個願望要來得有效，早知道我就不應該年年許願了。

不過我一廂情願的思考模式只維持到我們第一次單獨約會。

雖然對方是個擁有雙碩士學位的高材生，但是沒有想要工作的打算，每天只是悠閒地窩在家裡喝茶看報，而且最喜歡做的事是CALL IN全民開講，閒來沒事遇到有錄外景的時候還會開車跑去參加；於是我們在STARBUCKS排了二十分鐘的隊喝了十分鐘的咖啡之後，我決定跟他Say Goodbye。

我不能接受我的真命天子是茶來伸手飯來張口的公子哥，就算唸再多的書家裡再有錢都不行。

眼看著距離七夕情人節就剩下不到一個月了，看來我只好把希望再寄託到聖誕節了！真怕我會一直順延到人老珠黃，最後只得寄託到下輩子了！

哎～～

「妳嘆什麼氣？」

我一回神，原來是小鬼一頭霧水的看著我，然後我才想起來原來我們又散步到我家巷子口了；實在是沮喪到了極點，我竟一時失察告訴了小鬼這件事，包括我害怕願望會順延到進棺材的這件事情都一併說了。

我想我真的沮喪過了頭，居然對一個玩世不恭乳臭未乾的小鬼頭說起這些有的沒的。

「妳還在相親哦？」

「你沒見識過我老媽的厲害是不會懂得我的辛苦呀。」

「他們都叫妳小妹吧？」

「是呀，怎樣？」

「我覺得聽起來很舒服的感覺耶！其實我媽媽本來也都叫我弟弟，是後來我向她抗議她才改叫小光的，不過那天聽到他們這樣叫妳的時候，突然覺得那樣叫其實感覺還滿好的，就像妳叫我かんちゃん的語氣一樣，聽起來很舒服的感覺。」

「突然的、想什麼呀！而且是你逼大家這麼叫你的吧？」

「妳真的很愛計較耶！」

「我是呀！」

小鬼又笑了，又是那種孩子氣的笑容。

「BYE BYE。」

「ね、先生。」

「有何貴幹？」

「妳真的不想一個人過情人節哦？」

「廢言，誰想在那種節日一個人躲在家裡感傷呀！你能體會那天連電話都不敢接是什麼心情嗎？」

「那我們一起過吧。」

「え——？」

「幹嘛那種表情呀？很傷人溜！」

「不是、我的意思是……情人節是要跟情人一起過的意思不是嗎？」

「て？」

「所以……」

「那天剛好也是我的生日。」

「え——？」

「真的喲！我今年生日剛好遇到情人節呀！不信我身份證給妳看。」

然後小鬼就真的低頭掏皮夾了。

「看！就這樣說定囉！不可以又晃點我哦！」

「你沒有女朋友嗎？」

「我是有喜歡的人呀！但她還不是我女朋友。」

「那你剛好趁這機會向她告白呀！」

「妳管我那麼多！就這樣啦！BYE。」

到底該怎麼辦？對於即將到來的這個情人節。

當我把自己悶在房間裡煩惱的時候，我接到小六打來的電話，小六是我的好哥兒們之一，他的羅曼史比起阿殺來可說是有過之而無不及，但小六最夠義氣的是他每年情人的三大節日都會特別挪出來陪我們這群待價而沽的死黨一起度過。

因為他的女朋友多到擺不平，基於公平起見、也怕荷包大失血，所以就乾脆用這個理由逃避。

於是我告訴他今年有個男生要約我過情人節。

「那不是很好？終於在我有生之年等到妳這一天了，幹嘛還一副很煩惱的口氣？難不成對方是個豬頭？」

「這倒也不至於啦。」

「長得像恐龍？」

「坦白說還滿帥的。」

「窮光蛋？」

「應該還滿富的。」

「有婦之夫？」

「目前單身。」

「條件不錯，但就是討人厭？」

「那傢伙雖然常惹我生氣，但其實人還滿好玩的。」

「那妳現在是怎樣？難不成是近情情怯哦？」

「問題在於他今年才剛滿十八歲。」

我聽到電話那頭明顯倒抽了一口氣的聲音，然後就莫名其妙的斷了線，才想回撥過去的時候，卻正在忙線中。

「搞什麼呀。」

三分鐘之後，我知道小六搞什麼了。

在接下來的一整個晚上，我持續不斷的接到其它人打來看熱鬧的電話，為數之多、多到連我都要驚訝原來我的朋友真的這麼多！他們千篇一律的開場白大概是「真有妳的」、「少男殺手」、「了不起」、「刮目相看」、「幹得好」、「民族英雄」……這一類的，而且我都還來不及解釋完馬上就又插撥進來。

這個大嘴巴！

惡夢呀～～

相對於我的不幸，小鬼可是鎮定多了！他每天還是嘻皮笑臉的出現在我的課堂上，還是一貫的喜歡上課找我麻煩，還是固定把車停放在我家的巷口，然後每晚陪我散步回家，但卻絕口沒再提起過這件事，表現的好像什麼事都沒發生過一樣，教我忍不住要懷疑他那天到底是不是逗著玩的？

於是我的煩惱除了到底該不該答應之外，又多了是不是給人尋開心了這一項。

我就這麼一直忐忑不安的直到了七夕情人節的前一天，當我們走到他車前時，小鬼終於打破謎底的問了——

「那妳明天想去哪？」

「這個嘛……」

「別想晃點我哦！我們約好的。」

「我是想……明天是你生日不是？你的朋友應該會想幫你慶生吧？那如果打擾到你們的計劃，我會覺得很過意不去呀。」

太好了！這個藉口真讚。

「所以我們改約到今晚呀！我們等一下就要去pub狂歡了。」

破功！

「那你說喜歡的那個女生呢？你不把握這個機會哦？情人節還是跟喜歡的人一起過比較好吧？」

「妳就那麼討厭我哦？」

小鬼是不是吃定了我怕他這一招？

「怎麼會呢？呵呵～～」

「那妳想想再告訴我吧。」

然後小鬼就輕輕鬆鬆的開車走人了。

救人呀～～

所以我決定還是去赴約，因為我怕再晃點小鬼一次的話，他會搞得我整堂課不得安寧，而且好歹今天是他的生日，又是這麼具紀念性的十八歲，再怎麼也不該讓壽星失望吧！

我們到東海商圈某個不知名巷子裡一家名曰LIGHT的白色餐廳晚餐，不曉得小鬼怎麼會知道這麼隱密又具氣氛的浪漫地點？我們選擇二樓露天陽台的位子，因為這樣抬頭剛好可能看見天上的北極星，我將下午臨時去買來的戒指遞給小鬼，並且誠心的祝福他生日快樂。

「這看起來很貴耶！」

算他識貨！這可是TIFFANY的戒指溜！

「十八歲是很重要的日子耶！而且你看背面還刻了たっちゃん和今天的日期。」

想當初我的姑姑大人也是這麼對我說的，沒想到一晃眼就過了五年，哎！真是歲月不饒人呀！

每次看著小鬼，我總是這麼感嘆著。

「妳有沒有聽過一個傳說？」

「啥？」

「詳細的說法我不太記得了，大概是說連續三年在女人生日的時候送她一只戒指，先是銀戒指，然後金戒指、白金戒指，這樣這個她就會永遠得到幸福了。」

「好浪……浪費錢的傳說呀！呵呵！我猜一定是女人發明的吧！」

「想說浪漫就直說呀！幹嘛不好意思說？」

嘖！我一直想不透為什麼小鬼老是可以看穿我的心思？到底是我太蠢還是他太聰

明了？

「那妳生日幾號？」

「西洋情人節，早過了。」

「沒關係，那我明年再回來給妳送戒指。」

「什麼意思？」

「我就要去日本了，不過既然我已經答應了妳，明年情人節我一定會親自回來兌現的。」

「也不用特地回來呀。」

「一定要呀！如果這傳說是真的怎麼辦？我真的很希望像妳這麼好的女生可以得到幸福。」

突然間，我覺得自己有點小小地被感動到了，雖然被一個剛滿十八歲的小鬼所說的天真話語給感動，好像有點難為情，但……但我還是一整個很ㄍㄧㄥ的不想讓小鬼知道我感動，所以我裝作若無其事的樣子，巧妙的轉移這話題：

「對了，你為什麼喜歡在臉上穿洞呀？」

「那都有特殊意義的。」

「怎麼說？」

「像這耳環是我初吻那天去穿的，眉環是紀念我第一次被女生甩，刺青則是告別處男的行列，至於舌環……酷不酷？好看嗎？」

「好看是好看，但是不會痛呀？吃東西會不會怪怪的？」

「很多女生因為這樣想跟我接吻哦！」

「我就知道你別有目的。」

「嗯，不過我真正的目的是要紀念第一次愛上大我五歲的女生。」

我一楞，有種不妙的預感。

「我在想如果妳誤會我喜歡妳的話……」

還好。

「所以我想告訴妳那不是誤會，我是真的喜歡妳。」

慘！

「かんちゃん，我是覺得，就像你說的不是嗎？我大你五歲耶。」

「て？」

「而且我是你的老師耶！」

「那我不要當妳的學生就好啦！」

要這麼容易就好了！

「那我怎麼對你媽媽交待？」

「關她什麼事？」

小鬼以一種任性的眼神直直的盯住我，在我們之間好像有著一道無形的牆，他想跨越過來，但那是徒勞無功的事情。

為什麼？因為我從來沒有想過要和小男生談戀愛，尤其是一個玩世不恭而且還剛滿十八歲的小男生。

「妳是因為不喜歡我所以不想和我交往？還是因為我比妳小所以不能喜歡我？」

真的很奇怪，我和那群哥兒們幾乎都是以交往為前提、然後演變成朋友的關係，我一直以為從朋友變成情人的這情況是一輩子也不會發生在我身上的，但現在、哎～～

「這真的是太突然了，而且我從來就只是把你當成一個小男生，我的學生。」

「我是男人了。」

這小鬼！又往我的痛處踩。

「問妳一個問題，如果今天我大妳五歲，那妳會考慮和我交往嗎？」

這倒是……

「那為什麼小妳五歲就變成了不可能的事情？」

坦白說我有點小小被說服了，正當我在思考該怎麼說服小鬼的時候，他突然傾身吻上我的唇，他在我的唇上輕輕一吻，然後以一種絲毫沒有反省的眼神望著我。

「雖然很難以置信、但這是我的初吻耶！」

小鬼沒說話，因為他再度傾身吻住我，這次他用舌尖啟開我的唇，然後恣意的挑逗我的舌；如果是以我那群哥兒們的戀愛術語來說，這應該算是一記火熱的濕吻，雖然我甚至嚐到了他嘴裡殘留的起司味道，但是坦白說，感覺還滿好的。

因為我還滿愛吃起司的。

「你不要來上我的課了好不好？」

「妳不要因為年紀的關係拒絕我好不好？」

「我需要好好的想一想。」

然後我起身離開，小鬼並沒有攔住我，他只是在我的身後堅定的告訴我，他絕對不是說著玩的。

「他說他不是說著玩的耶！」

回家之後，我打電話和小綠討論這件事情，小綠是我的姐妹淘，也是小六那個大嘴巴就這件事情宣告世人之後，唯一沒有打電話來笑話我的好姐妹；託那大嘴巴的福，我現在開始覺得感情這種事情還是跟女人討論恰當些。

再說我以前就答應過小綠，一旦結束初吻之話就會第一個告訴她。

「妳有沒有覺得妳從頭到尾都在說他的話？」

「疑？什麼意思？」

「意思是妳自己的感覺呢？喜不喜歡這個男生？」

「欸！要是完全不喜歡的話，我現在哪需要這麼煩惱呀！而且我覺得在他面前好像完全透明了一樣，他還問我如果我們同年紀的話——」

「妳又在重覆他的話了！」

「欸！我心情真的很亂呀！」

「那妳何不就直接承認喜歡他嘛！既然對方也喜歡妳，而且又是個有錢的帥小子，這樣不是Happy Ending了嗎？」

「但是我不想看起來像自己男朋友的姐姐呀！而且妳知道女人老的速度總是比男人快嗎？可能若干年以後，我甚至看起來像他媽也不一定。」

「哇！妳已經考慮到你們的未來啦？」

「別尋我開心了好不好！我真的很煩溜！」

「好啦好啦！所以妳打算拒絕？我雖然沒看過他，但是只要一想到李準基失戀就忍不住心疼耶！」

「為什麼我總覺得妳一直在替他講話呀？」

「我說巧巧呀！我們也認識快十年了吧！我從一開始認識妳就直覺妳是個很好的女生，我真心的希望妳能夠得到幸福耶！今天好不容易終於有一個感覺起來還不錯的男生向妳告白，而且妳感覺起來也滿喜歡他的樣子，所以小妳五歲又怎麼樣嘛？說不定他就是妳的Mr. Right呀！」

——我真的很希望像妳這麼好的女生可以得到幸福。

我突然又想起小光的話，我想起當時他眼底的認真。

「但是小綠，今天如果換成妳是我的話，妳真的會毫不考慮的就和小鬼交往嗎？」

「呵呵！坦白說，我還是會覺得遲疑，畢竟和一個比自己年紀小的男生交往，還是需要勇氣的吧？尤其是像我們這樣膽小的女生……」

「而且還是我的初戀耶！再怎麼樣也應該要慎重的考慮吧！」

「不過我光想到妳被李準基親的那一幕，就忍不住要臉紅心跳耶！」

「喂……」

「呱啦呱啦……」

「呱啦呱啦……」

幸福，
幸せで 不見不散

# 第六章

其實我一直很怕在補習班裡遇到小光，因為我怕在別人面前就是連打聲招呼都會不自然，然後輕易的就洩露了我們之間隱隱流動的曖昧情愫；不過小光倒是很識相的不但沒來上我的課，而且一整晚都不見他的蹤影。

坦白說少了他在身邊吵，感覺還真是亂寂寞的。

「妳很慢溜！」

我一抬頭，原來是小光正倚在車窗旁等我，他還是依舊習慣把車停放在我家的巷子口。

「你幹嘛來了又不上課呀？」

「我怕影響到妳上課的情緒呀！」

這小鬼倒還挺懂事的，不過我沒想到事後再見小光，感覺完全沒有我想像中的彆扭，會不會是我把事情想得太嚴重了？

「我來是想確認妳的心意的。」

「我說了不會跟你表舅交往的。」

說完，我們倆相視而笑，又看到小光臉頰上清晰的酒窩，我又想起來他到底年輕我五歲這件事。

「かんちゃん，我承認對你的感覺真的不錯，而且能被你喜歡坦白說還覺得有點小虛榮，但是……老實說，我就是很在意年紀的問題。」

「果然？」

「嗯。」

「我先問妳一個問題，如果今天我是妳的朋友或者同事，那就算我小妳五歲，如果我不特別說出來的話，那妳的感覺是不是就不會這麼強烈了？」

「這倒是……」

「我決定了。」

「え？」

「妳想不想回日本？」

「每天起碼想兩百遍吧！」

「那妳跟我一起去日本好不好？」

「幹嘛？去當你的保母哦？我可不擅長照顧人哦。」

「因為我媽媽突然決定要我這個週末就先過去。」

「え——這麼快？」

這麼突然的原因是不是因為這件事情被店長察覺了？當然我是不好意思開口問的。

「嗯，到時候等我回來了，我一定會以一個成熟男人的姿態，用朋友的身份來追求妳的。」

這小鬼到底哪來這麼大的自信呀？

「你幹嘛一副很肯定我會等你的樣子？不一定明天我就被追走了咧？」

「妳的男人運那麼差，所以對於這一點我倒是有相當的自信。」

「豬頭。」

「妳要來給我送機哦。」

什麼？這樣一來不就跟店長擺明了我們之間的曖昧關係了嗎？到時候我該怎麼跟

她交待？怎麼啟齒說她的寶貝兒子愛上我這個老師了？怎麼跟她解釋從來不是我想要勾引她兒子的？

但是任何的旁觀者聽了看了一定都會這麼以為的。

「說定囉！如果妳沒來的話，那我就不走了。」

「你又在耍小孩子脾氣呀？」

「我說到做到哦。」

這小鬼！

最後我還是遠赴中正機場去為小鬼送機了，因為越是認識他，越是了解他真的是那種說到做到的人，外表看起來玩世不恭，但卻又常常莫名其妙就認真了起來的矛盾綜合體。

怎麼會有這種人？

我原本是打好了如意算盤只想去露個臉交差了事的，而且最好不要讓店長看到是最理想的況狀，但最後我的小小願望還是不能如願以償，因為小鬼遠遠的看到我就開開心心的大聲嚷嚷著。

仔細回想那小鬼每回看到我好像都是這般反應，直接而且毫不掩飾，一想到起碼有半年時間不會有人上課找我麻煩、下課陪我走路，還真是怪寂寞的。

寂寞——

「這裡啦！」

來送機的事跡敗露，於是我只得認命的走向他們母子倆，店長對於我的出現雖然有點訝異，但她還是一貫的溫柔婉約，沒有多過問什麼。

「媽媽，妳要不要去買點什麼來喝？」

「疑？」

「我口渴了呀。」

然後店長帶著一臉識相的笑容暫時離開。

「沒必要支開店長吧？」

我真懷疑這小子是不是故意表現的這麼明顯的？

「因為我不好意思在媽媽面前跟妳擁別呀！」

「誰要跟你擁別呀！」

小鬼開心的笑著，我以前一直認為酒窩是上帝送給可愛女生的禮物，但沒想到原來男生有酒窩也是很好看的一件事。

「給我妳的手機、地址和伊媚兒好不好？」

「幹嘛？」

「如果在日本的時候迷路了可以打手機問妳呀！」

「那地址作什麼？」

「如果認識日本的帥哥可以寄回來給妳當作相親的資料咩！」

「伊媚兒？」

「練日文打字啦！」

再掰呀！臭小鬼。

「快點啦！」

「噢……」

我才低頭四處找紙筆的時候，小光已經拿出筆並且伸出手臂來等我寫了。

「直接寫上面可以嗎？」

「嘖！不然妳以為我伸出手來是要幹嘛哦？」

臭小鬼！居然以一副我是白痴的表情搖頭嘆氣。

「來日本的話要來找我哦！」

「知道啦。」

「我不在的時候不要隨便又跑去相親哦！」

「這你得跟我媽商量比較有用。」

「給我一個擁抱好不好？」

「え？」

然後小光張開雙臂，看著那張稚氣的笑容，於是我走進他的懷裡，我們在機場擁抱。

這好像也是我第一次和男生擁抱。

「妳雖然瘦瘦的，但其實還滿豐滿的耶！」

「你很色耶！」

「我只是比較誠實而且直接而已呀！再說豐滿又沒什麼不好的。」

「……」

「妳的心跳好快哦！是因為害羞嗎？還是第一次跟男生擁抱所以緊張？」

嘖！惹人厭。

送完小光上飛機之後，我搭店長的便車回台中，一路上她還是輕聲細語的和我有一搭沒一搭的聊著生活上的瑣事，內容大概都是她老公在大陸開工廠賺大錢這一類的，但最後到下了交流道之後，她終於還是忍不住問：

「妳和小光在交往嗎？」

「嗯……不算吧！應該說是比較投緣而已。」

我儘量試著要輕描淡寫的一筆帶過，其實我能理解她的心情，換作是我也不會高興自己的寶貝愛上年紀大上五歲的女人，更何況還是兒子的老師？

「但是小光很喜歡妳吧？」

「這個嘛……」

「我感覺得出來喲！」

「疑？」

「雖然小光從小就被我慣得任性，但是這孩子對於感情還是很執著的哦。」

這玩世不恭的小鬼對感情很執著？

真是很矛盾的感覺呀！

「這樣呀……」

「所以那時候他肯乾脆的辭掉打工我就知道一定是有些什麼原因吧。」

「呵呵。」

除了傻笑我還能怎麼辦？

「巧巧呢？喜歡小光嗎？」

慘了！這棘手的問題！不管我回答喜歡或是不喜歡肯定都會得罪向來溺愛小光的店長的！不過說真的，其實對於真正的答案我也是無法確定的，畢竟這一切對我來說還是來的太突然了！對於突然被男生當作交往的對象看待而且認真的追求著的這件事。

真高興我也有這一天，雖然結果並不盡如人意。

「我是很喜歡小光這『孩子』，但是我從沒想過要把他當成是交往的對象耶。」

「那就好。」

那就好！什麼意思？難道意思是喜歡上我這個人是很丟臉的事情嗎？

「雖然我也不是很清楚小光對於妳是到了什麼程度的感情，但是巧巧把正確的心意明白的告訴小光不是比較恰當嗎？」

「我是有這麼想過，但是……」

「但是？」

但是我怎麼開得了口！誰會忍心看那孩子受傷？

「但是他去了日本或許就會喜歡上同年紀的女生也不一定呀！日本女生都很可愛的不是嗎？呵呵！」

「這倒是。」

「……」

回到家之後，我把自己關在房間裡整理衣櫃。

平常如果心情很糟的時候，我會打電話找人聊天聊到喉嚨掛掉為止，但如果像現在這樣已經跌落谷底根本糟到不行的話，我就會卯起來整理衣櫃，因為我的衣櫃一向是房間裡面最亂的地方，這就是平常沒事亂買衣服以致於塞到衣櫃爆的下場。

整理衣櫃的原則常常隨著我的心情改變，譬如說由左而右按照品牌分門別類，要不就依顏色由淺而深區分，或者依新舊分類……之類的；而為什麼心情糟到底的時候會想整理衣櫃？因為我習慣每拿起一件衣服就開始專注的回想起和它有關的所有回憶。

為什麼今天心情會糟到谷底？還不都那臭小鬼害的！我發現自從他出現在我的生活當中之後，常常搞得我心情不是狂喜就是狂怒，這下子就算是連走了也害得我心情沮喪到極點。

簡直可惡！

# 第七章

坦白說少了小光的熱鬧，我的生活一下子突然明顯得清閒而且平靜。

晚上和朋友講電話直到天亮，每天睡到下午起床，然後陪老大玩搶食物的遊戲，接著陪母親大人上市場買菜，晚餐之後再悠哉悠哉的走十分鐘的路程去上課；而課堂上不再有人會處處找我麻煩，我的學生不管是在學生、上班族、歐巴桑，每個人都是乖巧而且認真學習的好人。

完全不像臭小鬼。

當我才開始滿足於這樣安逸的生活時，店長卻問我好不好多接幾堂課？

「疑？」

「因為很多學生都反應易老師的課上得很好喲！」

開什麼玩笑！我才在心底稱讚他們乖巧懂事時，沒想到居然就給我捅出這種簍子來！不過仔細想想這樣好像也不錯，省得我用不著閒閒沒事老在心裡惦記著小鬼在日本的生活、為什麼好幾天沒來信……這一類的，有一次我還突然覺得自己活像在演望夫崖一樣。

說出去豈不給人笑話？

不過萬萬沒想到店長所謂的多接幾堂課指的是『每天』多接幾堂課！外表溫柔賢淑的店長居然一口氣就給我每週五天、每天三堂課！要不是我見苗頭不對硬是推掉了早上的課，否則真的是從早到晚都把青春耗在那個冷氣特強的補習班裡了。

「真是不好意思呢！最近老師欠得兇。」

店長笑笑的說。

也罷！後來冷靜想想、對我而言不過是少了陪老大玩搶食物遊戲和跟母親大人上市場買菜罷了。

但是總覺得我的生活陷入一成不變的無聊裡，從小光離開之後。

每天固定上班下班，回家和老媽頂嘴，晚上和朋友打屁，偶而和老媽嫌棄老爸和老大日益發福走樣的身材，週末出去和哥兒們吃喝玩樂，每隔一個月被老媽抓去相親，我的生活簡直已經公式化了。

根本毫無刺激和變化可言。

我甚至無聊到在衣服上面作文章，譬如說自訂這個星期為粉紅週，就整週穿粉紅色的衣服，白色週、黑色週、彩色週……以此類推；更無聊的是居然有學生覺得好玩就配合著我一起玩這個遊戲。

這個世界到底怎麼了？每個人都還正常嗎？

我一直以為這種一成不變的無聊生活會持續到小光再度回到台灣找我麻煩為止，沒想到這天卻意外結束。

這天我在上班的路上突然被路邊一個男人引起注意，並不是他長得特別帥還是其他什麼的，而是他蹲在路邊把一隻流浪狗的嘴巴綁住，並且唸唸有詞的說著不知道是人話還是狗話。

但是不管他說的是什麼話，他都惹毛我了。

我向來是絕對不允許任何人虐待動物的。

「這是你的狗嗎？」

男人困惑的看著我，然後搖頭。

「簡直過分！不是你的狗憑什麼這樣對牠？」

於是我二話不說的傾身解開狗狗嘴上的套子，說時遲那時快、就在那一瞬間，我們兩人同時尖叫——

這隻不知感恩並且搞不清楚狀況的瘋狗居然撲向前打算狠狠咬死我！還好這人即時拉住牠，並且費了一番功夫重新綁住牠的嘴，而我則是整個人呈現恍惚狀態。

「真是的！我好不容易綁住牠耶。」

這人白了我一眼，又開始對著瘋狗碎碎唸了起來。

「你到底在幹嘛？」

「剛剛我騎車經過的時候，牠突然衝出來要撞我，還好我閃得快，不然牠現在起碼變成跛腳。」

「那你現在是？」

「我在和牠溝通，先要問牠這麼做的動機，然後慢慢的開導牠不要再這麼衝動。」

神經病！

突然發現我遇到的不只是一隻瘋狗，而且還有一個瘋子，我想如果把瘋狗和瘋子溝通的畫面拍起來的話，應該會是一個很有喜感的照片；不過我覺得好像連我自己也瘋了，居然在這麼危險的況狀裡還有心情胡思亂想。

「你幹嘛跟著我？」

「我沒有跟著妳，我只是順路而已。」

慘！居然被瘋子纏上，於是我快步的跑向補習班，進了電梯到了櫃檯之後，才想提醒大家樓下有瘋子和瘋狗出沒時，沒想到那人竟然膽敢跟了進來！

沒想到店長居然還跟他打招呼！

「先生你來啦。」

「先生？」

「這位是新來的日籍老師。」

吭？

「はい、そうです。私は犬山未來と申します。どうぞよろしくお願いたします。」

（橘子不負責任日中翻譯：是的，區區在下小的我名字叫作犬山未來，不好意思麻煩請多多指教。）

「老師？日籍？怎麼可能！」

為什麼這個聲稱是日本人的傢伙講了一口標準的京片子？而且還這麼愛用謙讓語來講話？聽起來真是怪彆扭的！

「父は日本人で、母は台湾人です。」

（橘子不負責任中日翻譯：家父是日本人，而家母是台灣人。）

「哦。」

「すみませんが、お名前は？」

（橘子不負責任中日翻譯：抱歉，請問貴姓？）

「私は易です。」

（橘子不負責任中日解說：『易』在日文的漢字裡也有車站、戰爭……的意思。）

「駅？車站？」

「いいえ。」

「戰爭？」

「違います。」

「益？好處？液？液體？」

（橘子不負責任中日解說：這些漢字和易都相同發音。）

這傢伙是在白目什麼？

「私は易巧巧です。」

（橘子多此一舉日文翻譯：我的名字是易巧巧。）

「真是好聽的名字呵！」

這傢伙擺明了挖苦我是不是？也不想想自己的名字翻譯成中文有多好笑？在狗的山上會有什麼未來？嘖！

「易老師能不能讓犬山老師試聽一堂妳的課？」

店長不知道是太善良了還是蠢到看不出來我們之間隱隱流動的火藥味，她竟然還笑著提出這種建議！

我直覺這是個預謀。

「為什麼？」

「因為妳是我們補習班的王牌呀。」

既然人家都這麼說了，所以我也只好恭敬不如從命了，雖然我是個不折不扣的水瓶座女生，但是卻充份的具備了獅子座那種一被吹捧就飛到雲端去就忘了我是誰的虛榮性格；不過雖然對於被當眾說是王牌這件事情搞得有點小得意，但我還是心機很重的故意要這傢伙坐在最角落去。

雖然這老兄不像小光那樣在課堂上找我麻煩，但是他比小光更惹人厭的是——他居然趁下了課之後放我馬後炮！

因為他說的是關西腔的日文，所以他自然是識相的不敢、也沒資格糾正我這口純正的東京腔，事實上這就像是滿口台灣國語卻挑剔北京話說得不標準一樣自討沒趣，所以這傢伙就炮火集中在我的習慣用語上。

這老兄一本正經的告訴我哪些措辭女生說來未免稍嫌粗魯、儘可能還是在課堂上使用禮貌形的語態比較恰當……諸如此類的。

開什麼玩笑！老娘沒講一口道地的辣妹用語就算客氣了！再說都什麼時代了，還有人會這麼龜毛講究嗎？

好吧！至少我和在日本時的那群109妹同志不在此限。

「而且班上有些學生的年紀也比妳大吧?」

這個不識好歹的傢伙!本姑娘都已經露出不悅的臉色了,他還執意要繼續教訓我?

「何以見得?」

「因為妳看起來很年輕的樣子呀!中文要怎麼說……好像說是娃娃臉是不是?」

「你也是呀。」

「あれ?うそ!」

(橘子不負責任中日翻譯:疑?說謊!)

這老兄一臉受到驚嚇的表情,我想大概是因為這輩子從來沒有人對他說過這種話吧!雖然我不曉得他老人家正確的年紀,但是他的確長了一張很老成的臉!據我的目測起碼也三十好幾了吧?

「你也是看起來很老的樣子。」

「這應該不能說是也是吧?也的意思是……」

救命呀!這傢伙不懂我的幽默就算了,居然連我的中文也要開始挑剔了!

誰來救救我呀!

不過我才開始自滿於自己是補習班裡王牌教師的這件事情時，不過一天、很顯然的這個光環卻被這老兄給搶去！

我真是搞不懂為什麼這老兄的每堂課幾乎都高朋滿座？簡直莫名其妙！最後我只能自己解釋成這是異性相吸的結果，誰教我們補習班裡總是女生的多！

這樣一個沒有幽默感又老頑固的男人。

嘖！

很奇怪，不知道是不是風水使然還是其它什麼的原因，我發現這老兄也習慣把機車停放在我家的巷子口。

「你幹嘛把車停在這裡呀？」

「因為車站附近很難停車呀。」

原來是我想太多，差點以為這老兄跟小光一樣意圖不良咧！

「妳多高呀？」

「打赤腳剃光頭剛好168，怎樣？」

「嗯……我喜歡高一點的女生。」

我猛然的抬起頭白了他一眼，不曉得這傢伙腦子裡動什麼歪腦筋？

「因為我長得高，所以如果和太嬌小的女生站在一起的話，連我自己都覺得很奇怪。」

還好……

「你多高？」

「180。」

也還好嘛！講得好像他老人家兩百公分高一樣！不過不曉得小光多高咧？怪了？怎麼每次跟這傢伙在一起的時候總是會讓我想起那小鬼來？

「我今年二十八歲，請問易老師今年貴庚？」

「幹嘛？」

「就好奇問一下呀。」

「你以為我媽媽生我下來是給人家好奇用的嗎？」

「我是很認真的考慮這個問題的。」

怪了！這老兄到底是在堅持好奇什麼？就滿肚子疑問的時候，老兄突然天外飛來一筆——

「請妳以結婚為前提和我交往。」

出現了！

這句我一直以為只存在於偶像日劇裡的經典台詞沒想到竟然活生生的出現在我的生活裡！並且對象還是一個我懷疑他是來自於外太空的奇怪男人！

這算什麼！我最珍貴的第一次求婚記，為什麼對象是這麼一個怪老兄？

「妳的表情會不會太傷人了？我是很認真的向妳提出這樣的請求耶。」

我連忙整理僵硬掉的表情，然後誠惶誠恐的對他分析這個奇怪的狀態：

「但是我們才認識第二天耶！」

「這我知道，但是我看到妳第一眼就知道妳是我的百分百女孩了。」

百分百女孩？這老兄是中了村上春樹的毒嗎？坦白說我從來就看不懂他老人家的文字到底是想表達什麼意思！甚至我從來不認為所謂百分百的人是真正存在於這個世界上的！再說就算他頭殼壞掉真把我當成百分百女孩，但他有什麼把握自己就是我的百分百男孩？

簡直無理取鬧！

他是在提早慶祝愚人節嗎？

「但是你憑哪一點認定我是你的百分百女孩？我們又不是很熟！」

「憑感覺呀！而且妳夠高，這點很符合我的擇偶條件。」

「就因為我高？」

「嗯，更正確的說法是我堅持交往的對象一定要高，我對腿長的女生向來就情有獨鍾，而且我注意到妳有一雙漂亮又均勻的美腿。」

這老兄居然不經我的允許就擅自偷偷打量我的腿！過份！饒不了他！

「我只能說你有病，而且膚淺。」

「此話怎講？」

「因為你光憑外表去評斷一個女生，這樣不是膚淺是什麼？」

最膚淺的是他還直接了當的告訴我。

「這樣算膚淺嗎？我不這麼認為，我覺得這應該只能算是有原則，懂得自己追求的是什麼。」

咕！還義正辭嚴的咧！

「妳們女生不也都這樣子嗎？」

「我們女生怎樣了？」

「妳們女生不是每被問到理想對象的時候，馬上就能開出一堆條件，什麼身高要有175，收入要有七位數，名下要有房子車子而且最好不要有貸款，個性要溫柔體貼，講話要幽默有趣，生活要有品味，最好會下廚，不能跟父母住一起，不可以有香港腳、體臭、禿頭、大肚子……一堆的嗎？為什麼女生講這種話叫作有女性自覺，換成男生說就變成膚淺了？」

我懷疑這老兄鐵定痛恨那些女性意識高漲的女生。

「而且妳也沒有男朋友不是嗎？」

「你又知道了咧！」

「全補習班的人都知道呀。」

え——

「而且店長還偷偷告訴我，妳每個月都會被安排一次相親不是？」

可惡！自從小鬼去了日本之後、已經很久沒有人膽敢這樣肆無忌憚的猛踩我的痛處了！可恨！

「妳不覺得這就像是白馬王子來解救妳脫離現在的生活嗎？」

「你會不會想太多了？」

「不會，而且我有把握妳慢慢了解我之後就會開始接受然後喜歡我這個人的。」

「你真的想太多了。」

「所以請妳以結婚為前提和我交往。」

吼！又來了！這老兄還沒瘋夠嗎？

請妳以結婚為前提和我交往？真是夠了！這簡直像是老土的時代劇裡才會出現的老土對白！真不曉得這老兄是從哪裡學來的！

# 》第八章《

不過我還沒想透為什麼全補習班的人都知道我沒有男朋友的這件事情時，隔天我再去上課的時候，全補習班的人又已經都知道老兄將目標鎖定我的這件事情了！

我這才知道原來這地方是個暗藏危機的超級八卦圈！

我簡直生不如死。

而之所以會讓我感到生不如死的原因，是因為不止全體教職員知道這件事而已，就連所有的學生也都因此到我班上來上課看熱鬧，害我一天上課下來都覺得自己活像是在召開記者說明會一樣。

真是夠了！

一天的疲勞轟炸下來回到家時，我已經是精疲力盡，整個人形容枯槁的彷彿行屍走肉一般，這模樣差點沒嚇壞悠哉悠哉地躺在沙發上看電視的那位老人家和那隻胖狗。

「妳是在外面給雷劈到哦？臉色難看成這樣。」

「比被雷劈到還慘……」

「吭？」

我沒有心力多作解釋，電話就恰巧響起了；能如此精確地計算我回家速度的人，大概也只有小綠那娘兒們了！正好！此時的我就是需要這種正經的朋友來商量解決之道，而且我答應過她，一旦第一次被求婚的話，第一個就是告訴她。

當然，上次和大頭那個假結婚的協議則不算在內。

「妳不覺得這種說法很老土嗎？還以結婚為前提來交往咧！現在哪有人說這種話呀！」

「那不是很好？終於在二十三歲的時候被男人求婚，幹嘛還一副很煩惱的口氣？難不成對方是個豬頭？」

「這倒也不至於啦。」

「長得像恐龍？」

「還過得去啦！不過他本人堅持自己長得像金城武，為了這一點、我堅持他無論如何也要向金城武道歉。」

「其實他是窮光蛋？」

「這我倒是不清楚。」

「沒有妳高的五短男人？」

「打赤腳剃光頭足足一八〇。」

「討人厭？」

「雖然我覺得他有點怪，但那老兄在我們補習班裡人氣倒還挺旺的。」

「那妳現在是怎樣？難不成是近情情怯哦？」

「問題在於我對他不來電呀。」

「如果我記的沒錯的話，妳好像從來沒有對男人一見鍾情過吧？」

「……」

「這就是妳至今仍小姑獨處的原因吧？」

「可能吧！也有人說過是我的眼光太高。」

「有人是指？」

「哎！就那小鬼咩。」

「我說妳該不會其實真正喜歡的人是他吧？」

呿～～怎麼可能……還是說真的是這樣嗎？我下意識的打了個冷顫。

「妳現在是不是起了雞皮疙瘩？」

哇！這女人居然連這事也算得準！

「他還是個小鬼頭耶！」

「那我想肯定是妳的問題。」

「我什麼問題？小的這就洗耳恭聽。」

「我覺得是妳一直在抗拒愛情這件事情。」

「怎麼會？妳又不是不曉得我每年的生日願望。」

「但是如果說像妳這種從來沒有談過戀愛的女生而言，可能當真正的愛情來了的時候，反而會不知所措，所以潛意識裡的就會去抗拒這個機會呀！」

真的會這樣嗎？

愛情來了？

哎！

當我為了這件事情困擾不已，甚至悄悄地在心底萌生辭職的念頭時，沒想到卻因為補習班裡一個意外出現的小訪客改變了我的初衷——

我一走出電梯就看到所有人的注意力全放在一個理著西瓜頭的小男生身上，他白胖的模樣煞是可愛！連我這種天生怕小孩的人都忍不住要去捏捏他粉嫩嫩紅嘟嘟的小臉頰，而這胖小子也居然不怕生的一見我靠近，就抱住我的大腿，小胖子張開他兩隻小短臂的模樣，當場激發了所有人慈愛的母性光輝。

「好可愛好可愛好可愛哦！是誰家的小孩呀？」

「犬山老師的。」

「吭？」

我馬上臉色大變！這老兄居然孩子都這麼大了還膽敢向我提出結婚的請求？難不成在他看來我像是適合作偏房的人嗎？還是我長了一張後母臉不成？

「哎喲！不是妳想的那樣子啦！誠誠是犬山老師的弟弟。」

「弟弟？滴滴你幾歲？」

小胖弟張開他五根短短胖胖的小指頭，操著特殊的童稚嗓音，口齒不清的說：

「午睡。」

於是我們所有女生團團圍住小胖弟，並且使出渾身解數地扮小丑逗他笑，給他糖吃、灌他可樂喝，拼了老命、捨棄尊嚴的無非就是為了搏得這小鬼頭的芳心，我想古代帝王的寵妃待遇也不過如此吧！

「誠誠有沒有乖乖的？」

原來是他老兄下了課，遠遠地對著他的萬人迷小弟笑著，而這小東西一見他老哥出現，馬上掙脫所有人的懷抱，兩條小短腿跑得飛快地衝向老兄的懷裡。

而老兄傾身接住他，一個動作就讓小胖弟坐上他的肩膀，小胖弟則是笑呵呵的喊道：「我是巨人！YAhoo!」

坦白說在那剎那間，有種小小的感動湧上我的心頭，對於老兄言行間自然流露出來對於小弟弟溢於言表的溫柔，那溫柔感動了我。

我突然回想起小時候我們家四姐妹外加小弟一個搗蛋鬼，從小就是吵吵鬧鬧、互相愛告狀，五個小麻煩湊在一起的時候從來沒有一刻是呈現和平的狀態。

我記得有一次大我八歲的大姐還跑去向媽媽告狀小我四歲的小弟搶她的蛋糕吃！回想起來簡直丟臉！雖然事後大姐一直不肯承認有這件事情發生過，並且還賴到我身上來，當然、我們又是吵架！

我們愛吵架的相處模式到了長大後還是沒有變過。

而且老爸又是那種典型中國傳統教育的老古板，對於小孩幾乎沒有這種親密的表達方式；當然我得承認大部份的原因也是因為我們太皮又沒種，根本不可能在他肩膀上那種高度乖乖的待上半秒鐘。

以致於此刻當我親眼目睹這幅畫面時，突然感動到不行。

而當我這個人被感動到的結果就是，下課後也就是正值晚餐時間，我改變先前的原則，主動的找老兄說話。

「你要帶誠誠去哪裡吃晚餐呀？」

「可能去吃麥當勞吧！我們兄弟倆這星期都是這樣過來的。」

「那怎麼行！」

小胖弟已經胖成這樣了、怎麼可以還讓他踏進麥當勞一步！於是我提議他們不如到我家吃便飯。

「這怎麼好意思。」

當然這只是老兄的客套話，因為他嘴上雖然這麼說，但是卻主動的就跟著我走回家了。

因為他長太高的緣故，所以走在路上時小胖弟伸手只能碰到他的大腿，於是當我們三個人走在路上時便形成了一個很有趣的景象——誠誠走在我們中間，右邊牽著我的手、左邊則是緊緊的捉住他老兄的褲管。

不知道是不是小胖弟無形間化解了我原先對老兄的不滿，走在路上的時候、我們開始能像朋友一般自然的談話：

「你今天怎麼會突然帶誠誠來上班呀？」

「因為保母今天臨時請假，我一時間也很難找到人來照顧誠誠。」

「你們家裡沒人嗎？」

「我爸媽每年的這個時候都會回日本一趟，如果被我爸爸知道我每天晚上讓誠誠吃麥當勞的話，他一定會生我的氣。」

原來老兄怕爸爸呀？不過也看得出來他大概就是那種在嚴格的管教之下教育出來的小孩吧。

一板一眼的，簡真不像個現代人。

「不過你們的年紀差好多哦。」

「嗯，而且很巧哦！我爸媽正好也相差二十三歲。」

「吭？二十三歲？」

「嗯，他們是師生戀。」

師生戀？

「那不是很……浪漫嗎？」

我有點心虛的問，雖然我自己還不能確定和小光之間似有若無的曖昧情愫到底該怎麼解釋，但我就是非常在乎別人的看法，就算對象是老兄也一樣。

「坦白說雖然自己的父母就是因為師生戀而結婚的，但我還是沒有辦法苟同那種戀情的發生。」

「疑？為什麼？」

「我一直覺得師生之間就應該像父女之間一樣，同樣是五倫之中的一環，所以如果師生之間發生感情的話，對我來話就像是父女相愛一樣的感覺，都是亂倫的一種。」

亂倫？有那麼嚴重嗎？雖然我知道老兄是個道德觀有潔癖的衛道人士，但是他無心的言論卻還是讓我聽得心情直往下沉。

還好我家只有十分鐘的腳程，因此這個敏感的話題便得以自然的結束。

「媽，有客人來哦！把老大捉好。」

為什麼要把老大捉好？因為這胖狗只要看到有身高和牠相似的小朋友出現就會像餓狼撲羊一樣，常常把到我們家裡來的小朋友給嚇得嚎啕大哭。

「疑？有小孩嗎？」

老媽手忙腳亂的從廚房出現、想尋找老大的身影，但這笨狗卻一馬當先的火速從沙發躍下，並且一個勁的撲向胖小鬼的身上猛舔！

當我們母女倆嚇得試圖要把老大從小胖子身上拉開時，沒想到小鬼卻反倒是笑嘻嘻的和老大玩成一團，並且不一會功夫就騎到老大的背上去了，簡直令我們嘖嘖稱奇。

不過我們之所以會嘖嘖稱奇的原因是，老大居然承受得起小胖弟的重量不會腿軟，還高興的直搖尾巴！

真是笨狗一隻！都給人當馬騎了還高興成那樣！簡直丟盡了我們易家的臉！

「呵！誠誠不怕狗呀？」

「嗯，因為我們家也養了很多動物的關係，誠誠從小就是和寵物一起長大的。」

「這位是？」

經老媽提醒，我這才想到要替雙方稍作介紹，並且解釋事情的前後發展，重點則是要強調我們之間只是純粹的同事關係，而之所以會邀他們晚餐的原因完全是看在誠誠的面子上。

不過顯然是我想太美了，因為我只介紹完雙方之後，這兩組人馬居然好像早就認識了似的聊開來玩開來，完全無視本姑娘我的存在，瞧不起人也不是這樣吧？

真的很神奇！這兩個人好像一見如故似的一拍即合，簡直是投緣的不得了！

「真是好可愛又不挑食的小孩子呢！哪像我們家巧巧，從來不下廚就算了，還老挑剔媽媽做的菜。」

「妳不要在外人面前說自己女兒的壞話好不好。」

「嘖！自己個性差還不准媽媽說！不過我們家已經好久沒有出現過小孩子了呢！

雖然我們家有五個小孩八個孫子，但是我那些女兒卻寧願花錢請保母也不肯讓媽媽親自帶孫子，真是很不懂事耶！真搞不懂自己的小孩到底在想些什麼，一點都不體諒自己媽媽也想要多親近孫子的心情。」

「那是因為姐姐她們當過妳的小孩，所以用過來人的角度來思考，才會知道無論如何最好不要給老媽帶，關於這一點，我倒是覺得她們做的真對。」

「嘿！妳怎麼可以在外人面前說媽媽的壞話。」

「妳自己還不是！我這就是遺傳妳的呀！看！馬上就印證了姐姐她們做的正確決定了吧！」

「為什麼自己的女兒老跟媽媽過不去呀！」

「あの，雖然我還是個外人，但是我總覺得和長輩說話還是應該維持基本的禮貌會比較適當些吧！尤其又是懷胎十月、生育教育我們的媽媽。」

吭？？

要不是我認識老兄在先，我會當他是在狗腿老媽咧！

不過他說『還是』是什麼意思？他最好少給我耍小心機。

「呵呵呵！犬山先生真的是一個貼心的男生耶！如果我家的小孩都像你這麼懂事

的話，我真的是要連作夢都會偷笑了。」

「伯母真的過獎了，不過小孩要尊敬父母本來就是天經地義的事情。」

「她的確是過獎了沒錯。」

「嘖！」

不得了！這兩個人居然見面不過半小時就已經站在同一陣線對我所持的論調同仇敵慨了！

眼前好像反倒成了我是外人似的。

過分！

「以後要多來我們家吃飯哦。」

「如果伯母不嫌棄的話。」

「會嫌棄的應該不只是她吧。」

嘶！

老媽居然在餐桌下用力的偷捏了我的大腿一把。

「我們高興都來不及了，怎麼可能嫌棄呢！」

「伯母人真好，廚藝好，人又漂亮又親切，真是個好媽媽。」

「呵呵，真是過獎了。」

「不，我從來不說客套話的。」

「呵呵呵！你愛吃什麼先跟媽媽說，我買菜也好買些……」

「那怎麼好意思。」

不妙！我又有一種不祥的預感！

# 第九章

我想我知道所謂不祥的預感是什麼了。

雖然老媽每天耳提面命反覆叮嚀再三交待要我帶老兄回來晚餐，但是——門都沒有！

我怎麼可能再帶一個狠角色回來讓自己失寵、顯示自己的缺點呢？

雖然我已經不像先前那樣刻意和老兄保持距離，而且也覺得這個人怪雖怪，但到底還是個不錯的朋友，但是這並不代表我就非得和這個人交往不可吧？雖然眼前當下好像也只有他一個人符合我的擇偶條件。

再說我只要一想到那句話就忍不住頭皮發麻——請妳以結婚為前提和我交往！真是夠了！

不過我的拖延戰術終究還是瞞不過老媽的眼睛，這會我才在奇怪她怎麼會毫無動靜坐以待斃，因為這實在不像這女人的作風，而這一天——

當我下課後正準備悠哉悠哉的散步回家吃飯看報的時候，才走出電梯，居然看到老媽帶著老大在補習班外來回徘徊。

「妳幹嘛在這裡走來走去的？終於因為太愛碎碎唸又拜金所以被老爸趕出家門流浪啦？不過也用不著連累老大吧？」

「嘖！為什麼我女兒就不像別人家的兒子討人喜歡呢？」

老媽一邊數落著我，一邊還在東張西望、左顧右盼著。

「妳是在瞄什麼呀？這裡又沒有香奈兒在賣。」

「我哪裡在瞄了？我只是帶老大出來散步，走到這裡順便接女兒下課而已。」

真是天要下紅雨、兩岸要和平統一了！平常懶的跟什麼一樣的女人、今天居然會主動出來溜狗？

「人接到了，走呀。」

「那個……」

「走呀。」

「犬山先生今天沒課呀?」

「吭?」

「呀!說人人到。」

老媽一見到才剛走出電梯的老兄,馬上揮手熱絡的和人家打招呼窮哈啦,原來這才是她真正的目的。

原來這就是我不祥的預感。

於是一陣寒喧之後,就演變成老媽牽著老兄、而我牽著老大跟在他們兩人後面散步回家。

我想我是過不了老媽這一關的。

還好父親大人這時候通常得待在銀樓顧店,否則我想憑兩人不符合現代潮流的思考模式,一定會相見恨晚、如逢知己的!這樣一來我不就四面楚歌、活生生給他們霸王硬上弓了嗎?

為了表達我消極的抗議,於是從此每次吃飯時,我都是一個人端著飯菜到客廳看電視,讓那兩個人像唱雙簧般的好好聊個夠;還好有老大陪我,沒想到到頭來這狗東西對我還是最忠心的,真沒枉費我平時白疼牠一場。

於是老兄幾乎每天到家裡晚餐，託他的福，好處之一是老媽晚餐弄得愈來愈豐富，之二是我們母女倆大大減少了面對面互相消遣求進步的機會，不過我沒想到還有另外一個好處，那就是——

這樣的日子大概過了一個月左右，當我和老兄吃完飯準備回補習班上課時，老兄突然一本正經的向老媽行九十度鞠躬禮，我才在讚賞原來老兄的腰還挺柔軟的時候，這傢伙又使出他那一套語不驚人死不休的本事，說：

「請伯母不要再安排巧巧相親了。」

真有他的！我本來還以為他又要說那句經典的『請妳以結婚為前提和我交往』。

——等一下、這老兄？

我們母女倆同時像是受到了驚嚇似的，我轉頭看老媽，沒想到平常嘴巴毒辣的可比擬作生化毒氣的女人，此刻居然感動到紅了眼眶。

「雖然巧巧還沒有正式答應和我交往的請求，但是我一定會等到她接受我這個人為止的。」

我沒料到老兄會來這一招，所以整個人幾乎是呈現半恍惚狀態，而老媽則是被感動到不行的直哽咽道：

「我們家巧巧有個這麼真心對她的男朋友真好，這樣我總算是可以放心了。」

「……」

在散步回補習班的路上，我們兩個人始終保持沉默沒有交談，我不知道此刻老兄心裡在想什麼，但是我則是在回想：為什麼剛才老媽說他是我男朋友的時候，我卻沒有反駁呢？

或者我也被老兄的誠意感動了？

當晚，老媽自然是喜孜孜的對父親大人報告這個可喜可賀的好消息，看她老人家高興成那樣，真教我忍不住要擔心這女人會不會已經擅自跑去選喜餅了？

「而且，我保證你一定會喜歡那孩子的，人品好長得又不錯，最重要的是身高夠高。」

「嗯，雖然你們還沒有見過面，不過我想你們應該談得來吧。」

「瞧瞧我們家女兒，人還沒過門就已經先替老公說好話了。」

喂！

我沒好氣的掉頭走人，但老媽還要來這麼一擊——

「看，害羞了！呵呵！這就是所謂的吾家有女初長成吧！還是待嫁女兒心來著？」

「妳不要亂講話好不好！」

見我們母女倆又要開戰，老爸倒是氣定神閒、一本正經的問到關鍵問題：

「不過一個大男人光在補習班裡兼課，這養得活我們家小妹嗎？」

「放心啦！人家拿的可是博士文憑咧！只是暫時先在補習班裡教個資歷，等到明年開學，他爸爸就會安排到大學當教授了！人家可是書香世家呢！真好。」

奇怪？那兩個人什麼時候聊到這麼深入的話題？怎麼我從來就沒聽到？不過這總算也解釋了我心中的疑問：我們一直搞不懂像老兄條件這麼好的人作什麼要窩在補習班裡和我搶人氣？

「那小妹妳自己覺得咧？真的想跟這個人結婚嗎？想跟他過一輩子？我們家可是不准離婚這種事的哦。」

不得了！平常好像只是沙發的一部份的父親大人今天居然會表現出他一家之主該

有的架式出來！不過為什麼老姐她們要結婚時，老爸連氣都不吭一聲，今天換成是我時就問起這個問題來？

「幹嘛這樣問？姐姐她們結婚的時候你就沒問過不是？」

「就是咩！在我看來，犬山可是這幾個女婿裡面最讚的一個。」

「這不一樣。」

「哪裡不一樣？」

「小妹不一樣。」

我不一樣？是我比較笨不懂得挑對象的意思不成？這老頭……未免也把女兒給瞧扁了吧？

「小妹沒談過戀愛不是嗎？」

「疑？」

「所以我怕她沒有比較過，不曉得自己適合什麼樣的男人呀！再說小妹還年輕，幹嘛一定要急著嫁人？家裡又不差她這一雙筷子。」

老爸……謝謝你！沒想到老爸看來起食古不化、頑固守舊，但卻是打從心底站在女兒的立場為女兒著想的……

「說的也是，巧巧的確不像那三個瘋丫頭一樣戀愛經驗豐富。」

可惡！我好不容易才在心底偷偷感動著父親的慈愛時，老媽就愛往我痛處上想撒鹽巴，真是殺風景壞氣氛第一名的。

「我再……想想吧。」

我丟下這句話就躲回房間裡了！我想在這種非常時期、最需要的就是讓別人來替我分析現在的狀況；當然所謂的別人鐵定是不會包括小鬼的，我絕對不會頭殼壞去mail告訴他，而且我也從來沒有告訴他有對手出現的這件事，再說我也不確定一旦小光知道了以後會有什麼反應。

重要的是他mail的次數也愈來少了！我想若不是因為他忙，就是他大概忘記我了！忘記他曾經喜歡過大他五歲的女生，而這個女生卻一直記得。

也可能是小光有女朋友了吧！因為日本妹應該很難抗拒這樣一個長得像瀧李準基的男生，再說小光本來就是那種玩世不恭的小鬼……

ＯＫ！我決定好了！給老兄一個機會，也給自己一個機會。

怪了？這好像是我生平第一次不用依賴朋友的建議就能夠自己搞懂自己的心意。

不過我想這也許是個不錯的開始。

弄清楚自己的心意之後，我答應和老兄的第一次單獨約會。

這重要的第一次約會不是在氣氛浪漫的高級餐廳，因為我想反正老兄也不是那種會想要走浪漫路線的人，所以我們約去吃拉麵。

為什麼吃拉麵？

這對我而言是一件非常重要而且決定這段感情開始與否的關鍵；我說過，我恨極了大聲吃飯喝水的男人，所以去吃拉麵恰恰好就是最好的考驗。

我簡直佩服極了自己的冰雪聰明。

「妳在笑什麼？」

「疑？」糟糕！我居然一時失察自我陶醉了起來！「我只是好奇你吃麵的方法挺……斯文的，不太像我認識的日本人，吃麵好像都用嘴巴吸一樣。」

「我也搞不懂為什麼他們要那樣吃麵，那樣不是會被熱湯噴得滿臉油嗎？」

「而且還會連帶吸進空氣，感覺怪噁爛的。」

「就是咩。」

很好，老兄過了關鍵的第一關。

在拉麵館裡一邊吃拉麵一邊討論吃拉麵和吸拉麵的差異之後，我們轉往麥當勞喝可樂吃薯條。

這別說是電視偶像劇裡不會出現的熱門約會地點，就是連平常我們朋友間的聚會都不可能選擇這些地方！沒有咖啡因的場所一向是不在我們那夥人考慮範圍內的。

總而言之，這約會完全沒有浪漫的氣氛可言，倒是挺有老兄他獨特的個人風格。

不過他倒是看起來高興極了。

很奇怪，我發現當他喝可樂的時候，臉上會出現一抹孩子似的滿足神情，當他一口氣喝下可樂之後會全身放鬆似的發出「啊」一聲的模樣，這跟小鬼倒還有那麼一點相似的味道。

「我真的很喜歡喝可樂。」

如果我沒記錯的話，這已經是老兄第五次強調了。

「我是一直到高中畢業之後才第一次喝到可樂的。」
「疑？」
「嗯，因為小時候媽媽嚴格禁止我碰這些垃圾食物。」
「難道是你被規定要成年之後才能吃麥當勞？」
「也不完全是這樣，實際情形是那時候我一個人回日本唸書，然後還是忍不住好奇偷偷跑去喝可樂，沒想到居然這麼好喝耶！」

原來老兄從小一直在台灣長大，徹底的接受台灣文化，高中畢業之後才在父親的安排下隻身前往日本求學，一直到了取得父親認為起碼該有的博士文憑之後，才又在他的安排下回到台灣來。

怎麼聽起來跟我們家那老頭這麼像？同樣都是愛控制小孩的老爹，不過我得承認最初我們去日本的動機實在是相差了十萬八千里；我是被聯考打敗，而老兄則是早就安排好了。

「那誠誠以後也會這樣嗎？」
「應該是要這樣，但我想父親應該不會才對。」
疑？現在是在玩繞口令嗎？

「可能是因為老來得子的關係吧！我總覺得父親對待誠誠的態度和對我差了很多，在我的記憶裡父親總是很嚴肅的臉，但是自從誠誠出生之後，他每天看到誠誠就會很開心的笑……可能也是因為誠誠太可愛了的關係吧。」

老兄尷尬的笑了笑，他大概還不習慣在別人面前坦白長久以來對於父親的感受吧。

「所以我第一次看到妳和伯母之間相處的情形時，起初會覺得很不習慣，但是後來想想，有時候還覺得挺好玩的。」

「不……其實像我們那樣相處的母女並不是很多……」

「很羨慕的感覺。」

「疑？」

「很羨慕妳們可以像朋友一樣的相處，いいなあ。」

（橘子不負責任日文翻譯：真好吶。）

「朋友？你有看過老是互相扯後腿、說壞話的朋友嗎？」

我和老兄相視而笑，突然、他專注的凝視著我，然後傾身向前，於是我屏息以待，做好了第一次和老兄接吻的準備，但他不是，他只是發現到我嘴角沾到了蕃茄醬、想幫我擦掉，如此而已。

很好，完全不浪漫的男人，和完全不浪漫的約會。

種種的跡象顯示，教我忍不住要好奇：

「你有……交過女朋友嗎？」

老兄先是一楞，然後就笑了起來：「當然有呀！我已經二十八歲了耶！沒有人超過二十歲還沒有戀愛過的經驗吧？」

可惡！居然踩到我的痛處！就算這只是他的無心之過，但是也已經傷害到了本姑娘如絲般柔軟的心了！

簡直過分！饒不了他！

「莫非妳？」

「怎麼可能！哈哈！我當然談過戀愛囉！就像你剛說的嘛！哪有人過了二十歲還沒有談過戀愛的呢？哈哈！怎麼可能嘛！」

老天保祐、希望我現在的笑容能自然一點、以免被識破，如果老天真的聽見了我的請求的話，我還希望祂再保祐老兄不要再追問下去，以免我馬上就破功了。

不過所謂是靠山山倒、靠人人跑，所以我決定採取主動的攻勢——

「那有沒有哪一段感情是讓你印象最深刻的？」

看來我的計畫奏效，因為老兄頓時彷彿跌入了回憶裡，暫時忘記要追問我虛構的戀愛史。

「有一個日本女孩，她是我大學的同學，我們是從大學畢業之後才正式交往的。」

哇！熬了四年才從朋友變成情人？老兄也真是沉得住氣耶！

「我記得後來我們同居在一起，兩個人生活在小小的公寓裡，好像是結了婚的新婚夫妻一樣，真的是一段很甜蜜的日子耶。」

我真是有眼不識泰山！沒想到老兄這樣一板一眼的人，居然還能認同同居的生活？我本來還以為他是那種堅決反對婚前性行為的那種人說……

「妳幹嘛那種表情？」

「疑？哦……我只是沒想到原來你不反對同居的關係呵？」

「也不是這麼說啦……其實我們當時是以試婚的心情去同居的，因為那時候雙方面都已經認定了對方就是以後要互相依靠的終生伴侶了。」

我看見老兄嘆了一口氣，臉上還有一抹不知道是眷戀還是抱歉的神情。

「因為我爸爸不喜歡小雪。」

「疑？就這樣？」

「嗯……這也是沒有辦法的事情，畢竟爸爸對我來說還是最重要的人，沒有他就沒有今天的我，不是嗎？」

「但是……」

但是那叫小雪的女孩不就太無辜了嗎？

「不過妳放心吧！我保證爸爸一定會喜歡妳的。」

「疑？」

「因為妳看起來就是……中文怎麼說、宜室宜家的好女孩呀！而且妳長得就是一張好人緣的樣子。」

但是問題是——

「妳是不是在擔心什麼？」

「疑？」

「因為妳看起來好像很擔心的樣子，所以我想妳是不是誤會我是那種有處女情結的男人，不過請妳放心吧！因為自己也有過男女之間的經驗了，所以我是不會做出那種無理的要求的。」

實不相瞞、關於這點我倒是放心得很，只是——

「只是妳不覺得他好像過分聽從父親的意見了嗎？」

回到家之後，我決定讓小綠來分析我的不安到底從何而來？

「妳認為這是你們之間最大的問題？我還以為妳會覺得他的不浪漫比較嚴重咧！」

「但是如果我對他放了真感情，到最後他老爸不喜歡我這個人怎麼辦？」

「幹嘛這麼悲觀呀？妳怎麼不想想如果他老爸喜歡妳的話，那不就萬事OK了？」

「但是……」

「欸！妳先冷靜下來仔細回想看看，妳活到現在有遇過討厭妳的人嗎？我看就是連不喜歡妳的人也不曾有過吧？」

這倒是……

是我不具殺傷力還是怎麼著？為什麼我就從來沒有被討厭過呢？那如果他老爸就是生平第一個討厭我的人，那對我而言豈不是前所未有的打擊？說不定我的自我價值從此錯亂，然後就從此自暴自棄的過了一生？

「妳現在是不是又在胡思亂想萬一他老爸就是看妳不順眼，從此妳的人生就會變成一團混亂？因此而掉進地獄的深淵？」

嘖！果真不愧是小綠，連我的擔心都能摸得一清二楚的。

「我看與其妳窮擔心的還不如提早和他家人見面吧！到時候再決定要不要、能不能繼續下去不就得了？這就叫作快刀斬亂麻吧！」

說得也是！為什麼我就是能把簡單的事情搞得複雜化呢？

真是豬腦袋！真搞不懂老兄看上我哪一點！

莫非就是看上我蠢嗎？呿～～

# 》第十章《

老兄像是終於搞清楚了我真正的擔心，於是不等我暗示，就直接問我好不好第二次的約會就去他們家吃飯？

關於這點可是又足以令我窮緊張半天！因為從來沒有交過男朋友、所以根本沒有過到男朋友家做客的經驗，於是為求慎重起見，我幾乎是問遍了所有朋友的意見，關於第一次到男友家有什麼要特別留意的地方？

於是我得到一個結論——那就是我的男性友人們簡直不可靠到了極點！因為他們每一個人不但沒有好好地正視我的問題，反而是異口同聲的把注意力放在關於老兄聲稱他沒有處女情節的這個重點上面！

他們一個個的鼓吹我不要便宜了老兄，而且認為我在這件事情上面不應該就這樣吃悶虧，然後每個人都居心不良的自願『犧牲自己，照亮別人』來『教導』我如何正確的享受魚水之歡！

根本亂七八糟！沒想到就是連大頭那個GAY都興致勃勃的想湊熱鬧！還裝無辜假

清高的說不介意把他第一次和異性接觸的經驗奉獻給我？什麼跟什麼呀！

真是一群豬狗不如的野蠻東西！

看來我是極有必要重新整理我的好友名單了。

約好要去老兄家做客的這一天，因為心知肚明我本來就是和『善廚藝』這三個字無緣的女生，所以他為了避免尷尬就特定選在他母親作好飯菜後才帶著我回家登門拜訪。

所以為了補強我是個廚房絕緣體的這個遺憾，我特地把自己打扮成宜室宜家的模樣出現；其實仔細想想，關於我身為女人的專長好像也只有打扮、SHOPPING、喝咖啡這些特花錢的事情了！

難怪老爸當初第一個擔心的問題就是怕人家養不起他女兒，真是所謂的知女莫若父呵！

雖然老兄曾經提過家裡養了不少寵物，但是我真沒想到他所謂的不少會多成這樣！

當我們才遠遠看見他家出現在眼前時，就看見一隻黑的發亮的純種台灣土狗銜著我們搖尾巴吐舌頭。

「牠是小白。」

疑？這隻大的黑狗被叫作小白？這樣不會造成狗狗本身的心理偏差嗎？

「因為跟小皺皮合不來，所以我們就把小白養在前院裡。」

所謂的小皺皮是大搖大擺橫躺在玄關上的白色皺皮狗。

「幫小皺皮洗澡的時候很麻煩，因為要把牠一層一層的皮都翻開來洗乾淨。」

我想也是。

「這兩隻都叫小饅頭。」

順著老兄的視線望去，我看到兩隻懶洋洋的摺耳貓呈疊羅漢形狀的趴在沙發上，瞧那潔白的小臉蛋，的確叫作小饅頭是再貼切不過了。

「還有小王八。」

「疑？」

原來是他們養在水族箱裡的烏龜，不過把烏龜叫作是王八……會不會未免太傷人家的自尊心？

「那是大王八。」

我抬頭一看，原來是養在後院籠子裡的鸚鵡。

「本來還有一隻叫作賤兔的肥兔，前一陣子不曉得是不是太胖的原因、就過世了，現在被埋在後院裡，還有墓碑哦。」

「後院還有一隻迷你豬叫作肥仔，很可愛哦！不吃餿水的豬好不好笑？」

簡直活像座迷你動物園似的，真是不可思議！

「本來我父親還想養隻小老虎的，不過怕肥仔危險，所以想想就算了，真是可惜。」

老虎？這樣一來危險的應該不只有那隻迷你豬而已吧？這家人在想什麼呀？

「要是我家有池溏的話，本來還打算養鱷魚的。」

嚇！還好他家沒池溏！

「牠們全部都姓犬山，因為都是我們家的一份子，犬山小白、犬山小皺皮、犬山小王八……哈！」

聽起像像是在罵自己人一樣的名字，真不曉得老兄在得意個什麼勁？

「這是我母親。」

因為一路聽來太順耳了，所以我才在思索著什麼樣的寵物會被叫作母親時，回過神來原來就是老兄他媽媽本人，真是不好意思失禮了。

老兄的媽媽看起來溫溫柔柔、白白淨淨的，遠比我想像的要來的年輕許多，和老兄站在一起的時候不太像母子、倒像姐弟；重要的是她說起話來輕輕細細的，總而言之就是和我家那大嗓門的拜金歐巴桑完全不同類型的女人。

「妳就是巧巧呀！真是好漂亮的女孩呢！我們家未來真是幸福能夠找到這樣一個好女孩。」

我們家未來？我一愣、然後才反應過來老兄的名字就叫作未來，於是我們在客套來客套去的一陣寒暄之後，終於在餐桌前坐定位了。

果真不出我的所料！通常像這樣類型的女人不但會燒得一手好菜，而且就算家裡活像個小型動物園，還是能整理得一塵不染，真是連身為女人的我都忍不住要慚愧了！

「誠誠呢？」

「陪爸爸去大學上課。」

「哦。」

「如果巧巧餓了的話，請先開動沒有關係呀。」

開什麼玩笑！看母子倆都規規矩矩的端坐不動，任誰都不會好意思就自顧著大吃起來吧！

還好我也算是有備而來，因為我早就想到了這個問題了！他們有一半人認為我應該先吃飯了再過去，這樣一來就不會餓得狼吞虎嚥、形象不保；而另一半人則持反對意見，他們說通常老人家不會喜歡未來的媳婦吃得少，因為那就代表這個女人挑食、不好養，生小孩會容易難產之類的……

所以我折衷先吃得半飽才來的，還好我有先見之明，通過了這項考驗。

終於等了約莫二十分鐘，聞名已久的犬山老先生帶著蹦蹦跳跳的誠誠回來了！老先生比我想像中要老了那麼一些，但整個人看來氣色卻相當好；雖然他沒有我原先以為的那般不苟言笑，但是眼神裡的確是可以感受到不經意流露出來的威嚴。

不過當他對胖小鬼說話的時候則完全流露出溺愛的神情，到最後甚至這小胖子還坐到了他老人家的腿上吃飯。

真的是和對待老兄完全不一樣的態度，我總覺得他對待老兄的態度與其說是嚴父、倒不如說是嚴師。

這頓飯雖然吃得我戰戰兢兢，但是到底還算是和平落幕，雖然我無法明顯感覺到老人家是不是滿意我這個未來的兒媳婦，但是我可以確定的是：就像小綠說的那樣，大體上應該還算及格吧！

轉眼間到了關鍵的吃完飯，在這節骨眼上、那票人倒是一致的提醒我千萬不可以當在自己家一樣拍拍屁股移駕客廳吃水果去；果真就如同他們預言的一樣，當我幫忙著收拾碗筷時，犬山媽媽仍是一貫溫柔客氣的要我別忙了。

我是不可能中這個圈套的！

於是我硬是狠下心的表示不但會幫忙收碗筷、而且最後還要主動洗碗！這對我來說可是極大的底限了！因為我每年大概只有每逢母親節和她老人家生日這兩天才有可能主動洗碗的！如果老爸知道了這件事情的話，他可能會心疼到掉下眼淚也不一定呢！

哼！看看老兄到時候要怎麼感激我！

當然我想也知道犬山媽是不可能這樣對客人失禮的，於是我們兩個女人又展開一陣客套的推託，沒想到就在這個時候，犬山爸開口說話了，他說：

「要洗不趕快去洗。」

我一楞！雖然不知道他老人家是在說犬山媽還是我，雖然他說的的確挺有一番道理，但是我的眼淚的確差一點不爭氣的掉了下來！我偷偷瞄了老兄一眼，沒想到他卻好像沒聽到似的，只是低頭猛餵寵物吃飯。

最後還是犬山媽洗碗，而我只負責幫忙擦乾而已。

「不要在意ね。」

「嗯？」

「剛剛爸爸是在跟我說話，不過好像把妳嚇到了哦？」

糟糕！居然被看出來了！糗大了！

「他從以前就是這個樣子！明明是很溫柔的個性，但是卻又不好意思表現出來，再加上長得又很嚴肅，所以常常讓別人誤會他很兇在生氣。」

「哦……不過我還是很好奇犬山媽媽怎麼會想要嫁給教授呢？」

「因為我從小就是哈日族呀！最大的夢想就是嫁給日本人。」

「吭？」

「開玩笑的啦。」

犬山媽開開心心的笑了起來，眼睛瞇成一條線的模樣真是迷人極了。

「雖然教授長我二十三歲，又是徹底的大男人主義者，但是他總是給我一種很安心的感覺ㄛ。」

「此話怎講？」

「就是安全感呀！我真的認為這是我們女人在選擇另一半的時候最重要的考慮，不要太在意對方的年紀、職業、身世……這些外在條件，最重要的就是看那個人有沒有帶給妳安全感哦。」

安全感呀……

「妳有從他身上感覺到安全感嗎？」

「嗯？」

「我是真的很希望巧巧能嫁到我們家來喲！就算結婚之後不是和我們住在一起也是沒有關係的呀！因為媽媽是打從心底喜歡妳這個女孩子的喲。」

「謝謝。」

……

# 第十一章

「巧巧昨天在你們家有沒有出醜？」

隔天當老兄到我們家吃飯時，老媽緊張兮兮的問道；真是不像話，想當年女兒聯考搞砸的時候也不見她這麼在乎過。

「巧巧表現的很好呀！吃完飯後還幫我母親洗碗呢。」

「洗碗？不得了！這丫頭是真的卯上豁出去了！小山也看過巧巧在家裡的德性吧？所以應該不難了解伯母現在心情的複雜感受，真是很難想像耶！我已經想不太起來這丫頭洗碗的樣子了。」

「喂！」

老兄已經習慣了我們母女倆之間沒大沒小的相處模式，所以每當我們又開始鬥嘴的時候，他老早就養成了一身微笑以對置身事外的好本事，這一點倒是跟我家老爸挺像的。

「而且我爸媽都很喜歡巧巧呢。」

我有沒有聽錯？他『爸』媽？

「你爸、也是嗎？」

「嗯，雖然我父親不是那種會當面表現出對一個人的喜歡，但是後來他也承認了，他說很歡迎妳成為我們家的一份子，還要我好好把握妳才行。」

「但是你有坦白的告訴他，關於我完全不進廚房的這件事情嗎？」

「有呀！他也說女人的才華又不一定要局限在廚房裡。」

「好感人！」

老媽莫名其妙的在旁邊一個人自己感動起來了。

「想想我都替妳老爸煮了快三十年的飯了，也沒聽他說過一句體貼的話。」

「妳真的很愛在背後說自己老公的壞話耶！」

「我是呀。」

「說真的，有這種丈母娘你真的不擔心嗎？」

老兄光是笑而不回答，而我這才發現不知道從什麼時候開始，我好像也打從心底認定了這個男人就是我未來的另一半了！

真是應驗了他一開始說過的——以結婚為前提來交往！

哎！落入圈套了！

「我父母他們的想法是，如果巧巧和伯父伯母這邊沒有意見的話，希望能在明年秋天的時候，也就是我接到聘書的時候舉行婚禮。」

「疑？這麼快？明年我也才二十四歲耶！」

「噴！哪裡快？想當年妳娘二十四歲的時候就已經是兩個孩子的媽了耶！」

「如果妳覺得太快的話……」

「哦！其實也還好啦！只是在乍聽之下覺得有點突然而已。」

老兄像是鬆了一口氣似的，才又繼續說：

「至於房子的部分，他們也了解到現在的年輕人不會想和公婆住在一起的心態，所以關於這一點，巧巧大可以放心沒問題的。」

「如果結婚後小山想搬來住，我們可是很歡迎的哦。」

「噴！」

老兄笑了笑：

「他們的意思是看我們要不要先在大學附近找個適合的房子，父親是想提早買下來當作結婚禮物，這樣我們也好先裝潢佈置。」

「這怎麼好意思？」

「好感人的父愛……哪像妳小弟，成天窩在未婚妻的家裡也不害臊。」

「妳怎麼連自己兒子也愛說壞話呀？」

「事實勝於雄辯呀！要他帶未婚妻回家來住就不要。」

「那是因為人家怕被妳這種惡婆婆欺負呀！」

「喂！」

「那還有就是……」

還有呀？這家人該不會連以後小孩要生幾個、將來該上哪所大學都規劃好啦？

「該不會是生小孩的事吧？」

「欸！我父親說女人生產是很辛苦又危險的事情，而且既然雙方都還有自己的事業，所以他想關於這方面的事情就請妳自己作主就好了，請不要顧慮我們。」

呼！還好……

「我真的感動到了！妳想想妳老爸……」

「媽，閉嘴。」

「但我母親的想法是女人還是在三十歲之前生小孩會比較輕鬆一點，她說這是過來人的經驗談。」

「哦……」

生小孩呀！坦白說到今天為止我從來沒有想過這麼長遠的人生大事，總覺得那好像還是與我無關的話題，沒想到才一晃眼，我也已經到了要正經考慮這回事的時候了。

哎！真是很難想像我自己變成大腹婆的模樣呀！

「最後我們還想到……」

該不會是連萬一離婚了怎麼分配財產和監護權都列好表等我簽名了吧？

「是關於聖誕節的事情。」

「聖誕節？」

「因為我們家在京都有棟房子，所以他們想說看妳聖誕假期要不要去那裡度個假？我是覺得還滿不錯的，因為妳也很久沒去日本了嘛、而且我也很久沒滑雪了。」

「和你們全家嗎？」

「如果是你們全家的話，那我跟妳老爸也要去，呀！我問看看小弟和他女人要不要也去。」

老兄微微臉紅，吞吞吐吐的解釋道：

「因為怕誠誠滑雪受傷，所以他們是想說不如就我們兩個人去好了。」

「就是先小度蜜月的意思囉？」

「媽！」

「害羞什麼呀！大家都嘛成年人了……這種事情說開了也無所謂呀，如果有需要技術指導的話……」

「閉嘴。」

「聽起來是不錯啦，不過……我已經先和朋友約好了耶！所以可能要先跟他們CHECK一下才行耶。」

「沒關係呀！等你們商量好之後再告訴我就好了，這樣我也比較好買機票。」

其實說要和那票酒肉朋友CHECK是在耍白爛。

雖然我們歷年的聖誕節都會極有默契的聚在一起沒錯，但是會做的事情也不過就是我們這群落單的人聚在一起喝個爛醉順便詛咒天下的有情人終成倦屬而已。

甚至沒有硬性規定哪個人不參加就是違背了這段友誼。

而且我們今年連地點人數都還沒敲定咧！

我當然知道我真正要CHECK的是什麼。

就像老媽說的那樣，這趟日本之行說穿了就像是我們兩個人的小度蜜月，意思也就是說如果沒有出什麼差錯的話，那麼在天時地利人和的這個聖誕夜，我們應該是不光只是相擁而眠如此而已；這對於一個雖然不是出於自願、但到底也潔身自愛了二十三年的資深玉女來說，好像是還不錯而且挺浪漫的一個紀念，只是——

浪漫？老兄？老兄＝浪漫？

我想我是應該先找個人CHECK一下我的心情。

「這樣不是很好嗎？」

沒錯，在電話那頭歡呼著的人就是小綠，自從她前幾次替我做過準確的分析之後，現在她儼然成了我的愛情教授。

「怎麼說好？」

「夠浪漫又具紀念價值呀！而且不正好補強了妳之前一直嫌人家不夠浪漫嗎？這下可好浪漫個夠囉！」

「但是妳不覺得奇怪嗎？照常理來推斷我應該高興的馬上答應才對呀！幹嘛現在還要在這裡聽妳待會要怎麼數落我？」

「妳也知道我接下來就是要數落妳啦！我搞不懂耶！光是想像身高一八〇的唐澤壽明在我面前光著身體，我的口水都快掉下來了。」

這女人……

「嘿！妳不要對好友的未婚夫做不適當的瑕想，ＯＫ？」

「看！妳都已經準備好要嫁給他了不是？」

「疑？」

「所以不先驗貨怎麼行？萬一你們在床上不合怎麼辦？這麼重要的民生大事可馬虎不得耶！」

「說的也是，但是——」

「妳該不會性冷感吧？所以在潛意識裡一直抗拒著這種事？」

「怎麼可能！妳知道我等這天等多久了嗎？」

的確是這樣子的沒錯！自從在五年前的成年禮生日上錯過了長得像金城武的牛郎之後，我就一直懊惱到現在。

「先把他帶來給大家瞧瞧吧！讓我們先替妳目測一下。」

「啥？」

「我想到了！」

所以我就趕在聖誕節之前，以假借介紹他給朋友認識之名、行讓那夥人『見識』之實。

當然除了大頭那個GAY除外，我是不可能蠢到讓一個男人緣比我好的GAY來搶我男朋友的。

為什麼我會蠢到接受小綠這個看似無聊的建議？其實這是有原因的。

因為我們那票號稱在紅塵打滾多年的友人們，平時老愛炫耀他們能夠準確的單憑肉眼斷定一個男人在床上會有多少實力、有何表現……這類的，而這次剛好有個活生生的樣品，並且我得以在一個月後見證答案、驗收成果，所以他們自然是不會放過這機會的。

不過當我帶著老兄來到STARBUCKS門外時，他老兄就一陣昏眩。

「怎麼啦？」

「實不相瞞，我對咖啡過敏。」

What？我每天不喝會睡不著覺的聖品居然令老兄過敏？

「沒關係呀！應該有果汁或是牛奶之類的東西吧。」

於是等到人全部到齊之後，我們滿桌的咖啡怎麼看就是和老兄那杯柳橙汁格格不入；然後在替雙方做完介紹之後，果真就如同我預期的那樣——

老兄一向多禮而且正經八百的特殊個人風格馬上令小六那夥低等人類難以搭話，並且令他們極不舒服的是，這就好比平常同處於汙泥裡是感覺不出來自己有多髒，然而一旦長出蓮花來了，這就馬上殘忍的顯示出事實的真相。

換一個直接一點的說法是，平時見慣了這群男人真實醜陋面的那群姐妹淘們，簡直不可思議於老兄斯文的談吐及神似唐澤壽明的外表、還有他的身高，沒三五分鐘就把那些臭男人給冷落到一旁，並且展現出相識多年來大夥不曾見識過的女人味。

這簡直氣煞了那群自稱女人殺手的情聖們。

於是到最後便演變成這種局面：我的姐妹淘們拉著老兄窮扯猛聊，而我的哥兒們則像是示威抗議似的、圍繞著我說話。

其實要不是那票哥兒們趕在散會之後到我家門口來堵人、相約再續攤，否則就憑我神經這麼大條的人，是不可能察覺出他們男人間隱隱流動的火藥味的。

「你們幹嘛每個人都這麼嚴肅的表情？」

「討論這話題的時候本來就是要嚴肅一點呀。」

「什麼話題？」

「妳忘了哦？小綠說的呀！妳介紹我們認識犬山的真正目的呀。」

「哦！小的這就洗耳恭聽、願聞其詳。」

這幾個傢伙眼神互相瞄過來瞟過去的，像是在互相推卸著開口的責任似的，最後還是小六打破僵局，說：

「綜合我們目測的結果，應該不至於太差吧。」

「我一直很好奇耶！你們到底都是怎麼判斷的呀？」

「鼻子。」

「疑？」
「他的鼻子很高很挺不是？這表示他那裡應該發展的也不錯。」
「這有科學根據嗎？還是你們從A片學來的？」
「不然妳以為成龍為什麼那麼有女人緣哦？不就是因為他的大鼻子！」
嘖！這種說法未免也太強辭奪理了吧？
「而且他不抽菸不喝酒是吧？」
「嗯，連咖啡都不喝，真是難以想像耶！」
「根據專家研究顯示，長期抽菸喝酒會導致男人不舉。」
「真的？」
「千真萬確。」
「所以你們？」
「我們例外。」
「而且我們還不到長期的地步好不好？」
呵！此地無銀三百兩的傢伙！

「那不是很好嗎？你們幹嘛還一副神情凝重的表情呀？」

「妳還是沒有發現問題嗎？」

「什麼問題？」

「這種男人未免也太無趣了吧？正經八百的、一點生活的樂趣也沒有！」

「這倒是……」

「而且我看他八成只能以實力取代技巧吧！」

「以實力取代技巧？什麼意思？」

「哎！這一時間很難解釋清楚，不過以後等妳實際體驗過了之後，再來跟我們商量解決之道也不遲。」

到底是什麼意思呀？實力和技巧？

「所以妳真的決定好要嫁給這個男人了嗎？」

「不好嗎？」

「哎！怎麼妳還是不懂呀！妳不是也承認他這個人不懂得生活情趣嗎？」

「但是新好老公不就是那樣子的嗎？」

「是有人這麼認為沒錯，但是妳真的覺得他適合妳嗎？」

「其實說穿了，是你們不喜歡他吧？」

「才、沒這回事咧！我們是站在妳的立場為妳著想耶！妳知道、我們一直是把妳當成公主般看待的耶！」

「少來了！把我當成王子看待還差不多吧！要不是我真的有男朋友了，你們大概還沒想到原來我也是個少女吧！哈哈！」

「吼！還少女咧！」

「呱啦呱啦呱啦……」

「呱啦呱啦呱啦……」

當晚經過小綠詳細的說明分析之後，我終於清楚的明白所謂的實力和技巧代表的是什麼意思了！

那些滿腦子只有性的低等生物……

真是的！

所以我才管不了那些傢伙滿口的生活情趣什麼亂七八糟的歪論，反正我是去定了京都，我是吃了秤砣鐵了心的，無論如何也要在二十三歲這一年，在窗外飄著白雪的聖誕節這一天，告別套在我身上資深玉女的這個別號！

誰也阻止不了我的！哼！

「妳的那些男生朋友好像不是很喜歡我哦？」

在日本行的前夕，我和老兄又坐在麥當勞裡喝可樂吃薯條，進行不浪漫的約會。

「哦、他們呀！這是他們的正常反應，他們本來就只喜歡女生而已。」

其實這只是我安慰老兄的善意謊言，因為那群人本來是對老兄充滿期待的，他們恨不得全天下的男人都能加入他們的墮落俱樂部，巴不得天下男人像他們一般黑！尤其當對象又是他們聲稱視為公主我的男朋友時。

「如果你跟他們混得太熟的話，我反而才要擔心咧！哈！」

「不過我大概知道為什麼。」

「為什麼？」

「可能妳們女人之間比較沒有這種深刻的感受吧！但是當男人面對一個比他們都要高的男人時，心裡通常都會很不是滋味。」

「疑？」

「男人對於彼此間的身高差距其實是很敏感的。」

嘖！這個自戀鬼！拐彎抹角的稱讚自己身高方面的優勢，我想要是讓小六那夥人聽見了，肯定又是一陣你來我往的唇槍舌戰。

才懶得理會他們男人間的戰爭咧！

日本，久違了！

資深玉女，BYE BYE了！

# 第十二章

從日本回來之後，差點沒把我累掛！

雖然聽老兄說過他會滑雪，但是我怎麼也沒想到他居然就是個滑雪高手！

他是個滑雪高手就算了！還興致勃勃的充當起我的滑雪教練來！差點沒讓本姑娘我摔得狗吃屎，活活魂斷滑雪場。

回到家之後，我已經累得不成人形的只能癱瘓在沙發上苟延殘喘。

老爸是體貼的端著熱呼呼的奶茶侍候他家的寶貝女兒我，而老媽則是忙著檢查我有沒有帶齊她要的名牌。

不過當她翻到那盒臨行前被她偷偷放到我行李箱的保險套時，她突然變了臉色，殺氣騰騰的興師問罪：

「妳難道不曉得媽媽的用心良苦嗎？雖然媽媽對於這方面還算開放，但是我可是不會允許奉子成婚這種事情的發生哦！」

「妳在亂說什麼呀？」

「這套子呀！怎麼沒用？」

「對呀！大著肚子結婚不好看吧？」

什麼跟什麼呀！怎麼連老爸也插一腳湊熱鬧了？

「不是你們想的那樣啦。」

「什麼？你們沒做？怎麼會？」

在電話裡，小綠高分貝的尖叫聲差點沒震破我的耳膜，我懷疑連小布希在白宮都要聽見這件事了。

「這實在是很難以啟齒耶。」

「該不會是他不舉吧？可惡！小六那夥人還信誓旦旦的跟我們保證說絕對沒問題的。」

「不是啦！是……生理期啦！才一下飛機就發現來了！妳說糗不糗？」

「吭？真可惜！本來還很好奇他實力怎麼樣的說。」

「就是咩。」

「他呢？什麼反應？」

「就一笑置之呀！不然還能怎麼辦？總不能硬著頭皮浴血奮戰吧？」

「說的也是哦……那妳呢？」

「我什麼？」

「妳知道了以後當下的心情呀。」

「說了妳不能囉嗦我哦。」

「嗯。」

「妳保證？」

「快說！」

「那時候雖然也覺得滿可惜的，但是其實還是會有一種鬆了一口氣的感覺耶。」

「我就說妳性冷感咩！」

「不是啦！」

「那是怎樣？」

「就是覺得……怪怪的呀！一開始就知道了接下來會發生什麼事，反而會有壓力耶！所以也就不那麼期待了。」

「算了啦！反正有的是機會嘛！又不一定要有雪。」

「嗯。」

「那跟他接吻的感覺怎樣？」

「疑？」

「接吻呀！還是可以接吻、擁抱吧！如果你們不介意的話，愛撫也是可以的呀。」

「妳一定會囉嗦我。」

「都沒做？」

「不是呀！因為他也沒主動提，我怎麼可能主動問說：喂！老兄，你幹嘛不跟我接吻擁抱愛撫？」

「開始搞不懂你們的愛情了。」

「幹嘛這種口氣呀！就像妳說的嘛、反正以後有的是機會呀！」

「但是妳完全不會幻想嗎？誰規定女人一定要被動的？」

「哎！我也不是討厭主動，就是……沒有那種感覺呀。」

「嘿！妳到底愛不愛他呀？說不定他就是感覺不到妳有想被親吻的意思，所以才不好意思要求呀！你們再這樣磨菇下去不行的啦！」

「我等一下打給妳好不好？」

「幹嘛？」

「有MAIL。」

「哦。」

放下電話之後，我怔怔的望著電腦，幾乎是過了一個世紀那麼久，幾乎是用盡了全身的力氣，然後才終於有勇氣按下ENTER鍵——

「問妳一個問題

妳是看到了這封MAIL才想起來原來我很久沒有MAIL給妳

還是妳一直就想著為什麼我那麼久沒有MAIL給妳？

我在這裡忙死了　忙著學日文　忙著拒絕別的女生的追求

再問妳一個問題　妳現在是不是心想這小孩哪來這麼大的自信？

是真的　我遇到的每個日本女生都主動的不得了

而且大家都抽菸　差點把我薰死了

我一直以為自己的日文很好　但是到了日本之後才學乖了

原來自己總是沒有想像中的那麼棒
所以我每天都乖乖的學習
妳一定很難想像我乖乖的樣子吧？

妳呢？在台灣有沒有乖乖的？」

「我明年就要上大學了
希望能上早稻田
不能也無所謂
我只想趕快唸完　趕快回去
趕快見到妳　趕快配上妳
妳還是沒有告訴我
妳有沒有乖乖的？」

「日本的冬天真他媽的冷

對不起我在信裡說粗話
因為一直沒收到妳的信
心情變得很糟　什麼事都不想做
只想趕快回台灣看妳
看妳有沒有乖乖的」

「我決定回台灣過聖誕節
妳呢？決定好怎麼過了嗎？
不管妳決定怎麼過都把它Cancel
還問為什麼？
因為我是專程回去看妳的耶」

「明天就要回去了
到時候妳看到我一定會嚇一跳
因為我長高很多　也結實很多
我是大人了

不要再叫我臭小鬼

沒禮貌」

「不在！！！！！！

去哪？？？？？？」

「當妳看到這封信的時候

就表示我已經回日本了

沒辦法　找不到妳　就不想待在台灣

本來想等到妳回來的

但是拗不過媽媽

不要看她好像很溫柔的樣子

其實都嘛是裝的」

「沒有人告訴我妳去哪裡

什麼時候回來
他們只說妳過得很好
過得很好
過得很好
妳過得很好
是表示妳有男朋友了嗎？
給我一個答案好不好？
給我一封信好不好？」

「給我一封信
別讓我擔心」

「給我一封信好不好」

「給我信」

「信」

# 第十三章

我還是沒有回信給小光，不知道怎麼回，不知道怎麼告訴他，我不但有男朋友了、而且明年秋天就要結婚了。

於是我把那個帳號刪除掉，想當作是我錯過了這些MAIL，錯過了這些會動搖我的愛情的MAIL，然後我打電話給小弟，問他什麼時候要來搬電腦？因為他已經哈我的電腦很久了。

我決定不要再讓那些愛情裡的不確定因子動搖我好不容易做出的決定。

「妳昨天怎麼沒有打電話給我？打妳手機又關機。」

隔天我還有一天休假，於是我和小綠約在STARBUCKS喝咖啡，今天不知道走什麼狗屎運，居然不用排隊就能喝到熱拿鐵。

在寒流來襲的冬天，手裡捧著一杯熱呼呼的拿鐵，還有什麼比這更幸福的？

——日本的冬天真他媽的冷。

「喂？有沒有人在家呀？有沒有聽到我說話呀？」

「疑？」

「妳昨天，不回我電話就算了，怎麼連手機都關了呀？」

「哦……後來累掛了，所以就睡了呀。」

「時差？」

「嗯。」

「對了！關於你們之間更進一步的發展，我後來想到——」

「小綠。」

「嗯？」

「我們談話的內容不要老局限於性的部份好不好？」

「疑？」

「性又不是愛情的全部。」

「哦。」

不知道是不是因為錯過了聖誕節的緣故，所以我對於要在二十三歲告別資深玉女的這個決定已經不再那麼堅持了。

「對於聖誕節的事……」

坐在麥當勞裡，當我們吃完第五根薯條的時候，老兄終於第一次發表他對於那事情的看法。

「雖然我還不是很清楚巧巧真正的心意，但是我總是不希望造成妳對我的誤會。」

「什麼誤會？」

「我怕妳誤會我是為了想和妳發生關係，才邀妳去日本滑雪的……雖然我父母當初的確多少有這種動機，而我自己也覺得這聽起來是個不錯的提議──」

「我也覺得不錯呀！只是沒想到會那麼巧……」

「那我就放心了。」

「怎麼了？好端端的幹嘛說這些？」

「哦……因為我以為妳其實沒有這方面的意願。」

「你想成這樣哦？」

「嗯，所以我怕妳會有被勉強的感覺。」

「哦。」

仔細想想，其實老兄真是個非常體貼的男人。

「其實嚴格說起來，我也不是那種很色的男人。」

「疑？」

「我只是想說，如果妳也覺得這樣不錯的話，那其實我們要按照正常程序來可以。」

「正常程序？」

「就是結婚之後再有親密關係。」

「哦……那、也不錯嘛！就對結婚多了一分期待囉。」

「是呀。」

「呵呵。」

真是一點也不浪漫的男人！連這檔子事都能夠拿出來說清楚講明白！

哎！

真不曉得該說老兄是正人君子還是浪漫絕緣體呀！

自從誤以為女兒是那種辦事不愛拘束的無知少女之後，父親大人開始再度嚴格執行九點門禁、一分不差的政策；家裡那兩個老傢伙除了再三強調不允許離婚這種事的發生之後，更是每天耳提面命不承認先上車後補票的婚姻。

真是想太多了。

唯一的例外是每年一度的跨年，只有在這天他們才會默許女兒擁有夜歸或者外宿的自由。

雖然這是我生平第一次談戀愛，但是我當然也知道這晚也是情人間極為重要的四大節日之一；既然我已經和老兄共度了之一的聖誕節，所以我們當然也是不會錯過這一晚的。

雖然我們是一對不浪漫的戀人，但是在浪漫的節日裡，還是會理所當然想和對方在一起。

我們在下課之後相約去東海看夜景倒數。

當我才站在補習班門口等老兄開車過來時，突然就發現有五輛車行為囂張的衝著我按喇叭。

原來是那夥人！

「你們幹嘛在這裡？不用約會哦？」

「開玩笑！在這麼重要的日子怎麼可以把朋友放一邊，自己跑去快活咧！」

「說給誰聽呀！真酸耶！」

「而且今天難得妳可以不用趕九點不是。」

「少來了！我不是告訴過你們，今年是我有生以來第一次和男朋友相約跨年嗎？你們還來湊什麼熱鬧呀？」

「反正小綠說你們也不急著完成全壘打嘛！」

「全壘打？」

「哎！反正我們吃的喝的全買好了，人多熱鬧嘛！還買了煙火哦！」

「你們想的真周到哦！」

「快點啦！小犬已經把車開來了！等一下晚了就佔不到好位置了。」

小犬是小六那夥人私底下不懷好心給老兄取的暱稱，而至於小綠那票女人，則是跟著老媽叫他小山。

總而言之，我們六台車十幾個人就這麼浩浩蕩蕩的往東海山上出發，一起迎接新的年度來臨。

到了東海山上之後，我們來到往年的老位子，把六台車並排停放著，而且為了怕待會好位子給人搶走了、或者塞車回不來，所以我們乾脆就地解決了晚餐。

這就是為什麼小六他們要載一整車食物的原因。

入夜之後，我們一大票人圍成一個圈圈喝啤酒玩轉酒瓶遊戲，這也是我們每年必玩的重頭戲，在月光下，我們藉著轉酒瓶，一吐為快這一年來對於彼此之間的真心話。

本來應該是很感性的時刻，但是到最後通常都會演變互相爆料的結局。

雖然山上的夜晚氣溫很低，但是我們每個人卻都HIGH的不得了。

不過我最期待的還是放煙火的那一刻，我們站在山頂上對著山下的萬盞燈光放煙火，每次這個時候我們老是又叫又笑的，根本就跟瘋子沒有兩樣。

我們是快樂的瘋子。

可能也是太瘋了！這是我第一次看到老兄如此不拘束的模樣，他不但喝了一堆的啤酒，還搶著放煙火，而且每次笑最大聲的人往往就是他；我想他大概是有點醉了吧！

因為他甚至連小六他們抽菸都忘記要規勸了。

如果不是氣氛太好，就是我們都喝得微醺了，要不然就是寒流太冷了！

總之到了最後老兄抱著我、我躲在他的外套裡，我們坐在車頂上看月亮。

簡直浪漫的不得了。

原來約會時讓那夥人來湊熱鬧反而會激發出令人意想不到的效果來。

「ね。」

「嗯？」

我抬頭看老兄，然後他就吻上了我的唇。

他的雙唇輕輕的貼著我的下唇，他的鼻息規律的落在我的臉頰上。

這是我們第一次接吻，坦白說，感覺還不錯。

「倒數了！」

「十─九─八─七─六─五─四─三─二─一───！」

我們搖搖晃晃的站在車頂上跟著所有人用力的倒數，然後我們大笑著互相祝福HAPPY NEW YEAR，然後我們緊緊的擁抱。

在冬夜，寒流來襲，有個溫暖的擁抱，真好。

幸福，
しあわせで 不見不散

# 第十四章

還是跟小綠，還是在STARBUCKS，我們這兩個女人閒來沒事就會晃到這裡來喝熱拿鐵，幻想自己正身處於充滿人文氣息的法國左岸；我們不是文人，而是貴婦。

我們想成為貴婦的夢想從小到大沒有動搖過。

記得小學第一次老師要我們寫「我的志願」，當時我就在一堆總統、太空人、模特兒、超人之中脫穎而出——我將來要當貴婦！

我下筆時的眼神如此堅定且自信，老師看著我的神情也是篤定而且讚賞。

我還記得那天下午放學後父親大人看到女兒的這篇作文時，還大發雷霆的把女兒給罵了一頓，而老媽則是偷偷的安慰我說沒關係，她會努力做榜樣給我看的。

不曉得這是不是她狂買香奈兒的原因？

「妳最近怎麼常靈魂出竅呀？」

「疑？」

「我說，昨天看報紙的根據統計，常常接吻的夫妻會比只有性行為的離婚率低哦。」

「哦。」

「沒反應？」

「不然妳要我拍手叫好哦？還是回家叫那兩個老傢伙照三餐接吻呀？妳能想像自己父母接吻的畫面嗎？真是令人頭皮發麻耶！」

「嘖！想到哪裡去！妳不覺得這個說法好像是為了妳和小山而設計的嗎？」

「妳會不會想太多了？」

「哎！雖然人家嘴上說可以等到結婚後再發生性行為沒關係，但是妳知道、畢竟男人嘛！」

「男人怎樣？」

「男人不就那樣？當他嘴上說愛妳的時候，其實心裡想的是什麼時候才能上床，哎！男人喲！」

疑？真的是這樣嗎？老兄有說過他愛我嗎？那我咧？有對他說過嗎？真可疑！

「妳是有感而發哦？突然說這個幹嘛？」

「情人節快到了不是？又是妳生日不是？」

「所以？」

「妳想小山會送什麼給妳？」

「一大箱可樂吧？哈哈！他的最愛。」

「喂！」

「好啦好啦！我猜是結婚戒指吧！最好是鑽戒，如果是金戒指的話、我一定會二話不說的捐給我老爸。」

「妳想有沒有可能他在飯店訂了房間，然後全身赤裸、就在那裡綁了個蝴蝶結，挑逗極了的對你說：HAPPY BIRTHDAY。」

「妳真的很愛對老兄性幻想耶！當心我告訴他哦。」

小綠真的對身材高大的男人特別有性趣。

「好啦好啦！不鬧妳了！我只是想問妳那天有沒有空陪我去ＬＶ？」

「哦……我想想、那天老兄下午有課，所以我們約了吃晚餐……好呀！下午吧？順便來個悠閒的下午茶，嗯！我們真是像貴婦呵！」

「我們本來就是貴婦呀！呵呵！」

我當然知道小綠沒事約我去ＬＶ要狠作什麼！因為這就是她送人禮物的一貫風格，直接把那人帶到愛去的店裡挑喜歡的禮物，省得自己猜老半天，最後不是送到不適宜的禮物、要不就是買重複了。

我們一向對於SURPRISE這種東西不太用心經營、自然就不會有所期待。

但是這一天我還是收到了一個意外的SURPRISE。

這天，當我打扮得宜、歡天喜地的準備前往ＬＶ大開殺戒的時候，才走出巷子口，遠遠的就看到一台熟悉的車子，和一個低頭等待的熟悉身影。

「SURPRISE。」

是久違的小鬼！

小光果然沒有誇張，他的確是長高而且整個人看來結實許多，不再是往日那個削瘦的小鬼頭了！

他的頭髮長了、穿著打扮也完全不同了，越來越有日本人氣偶像的氣息；小光儼然已經擺脫了往日的稚氣，如今唯一沒變的，就是他臉頰上的酒窩了。

這種視覺上的轉變令我突然回想起以前，當小弟大學聯考完的那年，我回台灣過暑假第一眼看到他的感覺，那是我生平第一次對於成長的轉變留下深刻的記憶。

那一天我下了飛機回到家時，小弟剛好也帶了一屋子的舊同學到我們家來白吃白喝，那時候我整個人真的受到了很大的震撼，因為當我上一次看到他們的時候，那些傢伙都還只是穿著小藍短褲和白襯衫滿屋子亂跑大叫的臭小孩，沒想到再見到他們居然每個人都長高長壯了！一個個好像都變成了小大人似的。

他們的成長好像只是一轉眼的事情，這些小鬼頭彷彿是從八歲一跳、直接長到十八歲似的。

尤其是小弟那傢伙，隔年再回到台灣時，那小子已選好對象說此生非卿不娶了！好像是把一年當三年用似的，快得令人措手不及，就像在我面前的小光一樣。

「你怎麼……來了？」

「我來履行我們的約定呀。」

小光微笑著走向我，接著他掏出一只TIFFANY的銀戒指交給我，他說：

「希望妳能永遠幸福。」

——妳有沒有聽過一個傳說？

——如果是真的怎麼辦？

——我真的很希望像妳這樣的女生能得到幸福。

在接過戒指的那一刻，我的眼淚同時落下。

「妳幹嘛哭呀！」

小光笑著揉我的頭，真的是沒大沒小的傢伙耶！就算比我高也不能這樣失禮吧？

其實他的問題問得很好，為什麼我要哭？難不成我只是在做滋潤眼珠的運動所以剛好掉眼淚嗎？當然嘛是因為受到了極大的感動，所以內心正在波濤洶湧著！

這個沒大沒小沒禮貌的白痴！

其實截至小光出現為止，我都一直只當他是小孩子不懂事光會說好聽的漂亮話，但是他今天出現，送來戒指，為的是履行他許下的承諾，這把我感動到了，這感動了我這樣一個鐵石心腸、神經又大條、又老疑神疑鬼的女生。

這就是為什麼我會忍不住淚水的原因。

坦白說若不是他今天出現，拿著戒指出現，在我生日這天拿著戒指出現，我壓根都忘了這個約定，這個傳說。

「肚子好餓哦！我一下飛機放了行李就開車來找妳了，都還沒吃東西咧！我現在差不多可以吃下一頭象了吧。」

「疑？」

「我媽還不知道他兒子偷跑回來了，哈！」

「吭？」

我一直懷疑當時小光是不是給我下了什麼咒語，否則我怎麼會棄LV於不顧、乖乖的就跟著他走了呢？

好吧！我承認我當時整個腦袋已經呈現空白狀態，壓根忘了之後的約會。

不只是和小綠的，還有和老兄的。

於是我們又來到晶華第十二樓，我第一次相親並且恨不得殺了小光的地方。

那時候我整個人弄得紅不隆咚的像個厲鬼似的，而且他的女朋友還頭殼壞去說我長得還不錯的那個場所。

不知道是不是小光過去在這裡混得還不錯的關係，在情人節臨時來居然還有位子可以坐！

「妳有收到我的MAIL嗎？」

我一楞，不知道該怎麼辦才好？該怎麼告訴他、我的確是收到了，只是我膽小的沒種回。

或許小光會取笑我沒用，或許他會生氣我的不夠坦白；但我想應該是後者的可能性比較高吧！因為在我的記憶裡這小子的脾氣好像也不頂好。

至少不像老兄那樣、好到不像話。

所以我決定撒謊。

「我小弟後來把電腦A走了，所以我沒收到耶。」

「真是的……也不先寄封MAIL告訴我，害我那一陣子整個人沮喪到不行，每天只想揍人來洩恨。」

「對不起。」

「妳今天怎麼特別愛哭呀？」

我於是破涕為笑，說：

「等你自己親身過二十四歲生日就知道了！二十四歲是個很容易令人感傷的年紀耶！」

「神經病，呵！」

「ね，妳愛我嗎？」

很好，小光繼續問到一個非常值得深思的問題。

這個問題好在於如果我完全沒有一點愛他的話，那我為什麼當初要那麼遲疑著該不該接受老兄的感情？收到這個篤定我男人運差到不行的小鬼的MAIL的時候，為什麼不直接的、驕傲的告訴他：可是有人要以結婚為前提和我交往的呢！

又為什麼、剛剛會喪失理智，害得我此刻得回答這個棘手的問題？

「雖然妳沒有問我，但是我愛妳」

「……」

「嘿！別哭呀！被我愛上了真的會讓妳悲從中來嗎？」

「豬頭！」

嘖！他還是這麼討人厭。

當我回家的時候，發現巷子口停放了一輛熟悉的車子，我往車窗裡探去，原來是人高馬大的老兄一臉痛苦的睡在裡面。

「你幹嘛睡在這裡？」

「哦……妳回來啦。」

老兄迷迷糊糊的打開車門，看著錶說道，他這個無心的舉動卻令我心虛不已。

因為現在是凌晨三點！我從下午三點鐘出門遇到小光之後便一直和他待在一起，想也知道我們不可能整整十二個小時都和其他的情侶窩在一個擁擠的空間裡吃飯喝咖啡，這就是為什麼我現在會心虛的原因。

「妳好像忘記帶手機出門了，打去都是伯母接的。」

難怪！我才在想為什麼一整天都沒有人找我！一定是我出門的時候被滿腦子的LV給沖昏了頭，以致於我犯下了不可挽回的大錯！

「你怎麼會在這裡？」

「我在等妳呀。」

「在這裡等我？」

「嗯，因為大家都找不到妳，所以過了九點之後我打電話告訴伯父說妳今天晚上會住在我家，因為我怕他們擔心，但是我自己其實也很擔心，我想說會不會是妳和朋友玩得忘記時間了，所以就乾脆在這裡等看看，沒想到最後居然睡著了。」

我簡直恨透了我這個人！

「他們有說什麼嗎？」

「他們說一定要戴套子。」

雖然老兄不是在說笑話，但是卻還是把我給逗笑了！於是我又是哭又是笑的模樣，讓他著實嚇了一大跳。

「怎麼啦？怎麼哭了？」

「對不起。」

「乖呀。」

他抱著我，輕輕的拍著我的背哄我，這樣溫柔的舉動卻是令我自責更深！

「我們……明天再說好不好？」

「嗯。」

於是他牽著我的手陪我走回家，一直到看著我躡手躡腳的打開門之後，才放心了似的離去。

雖然累的要命但是我卻怎麼也沒有辦法睡著，我一直在想該怎麼辦？該怎麼向所有人解釋這一團混亂？於是我盯著天花板開始回想這一切，開始回想事情怎麼會演變到這種一發不可收拾的局面？

但是當我回想到小光親吻我的肌膚，想到他望著我的眼神——

「小綠。」

「吼！妳一整天跑哪去？現在幾點了？幹什麼臨時爽約連電話也不打——」

「妳現在來接我好不好？」

「疑？妳人在哪裡？」

「我在我家巷子口等妳。」

於是我掛了電話，重新躡手躡腳的出門，然後一個人站在攝氏十二度的街頭等待，等小綠出現，也等我的心情降溫。

我這是在懲罰自己的任性與怯懦嗎？其實不是，我只是沒有辦法一個人獨處，沒有辦法停止回想那感覺。

十分鐘之後，小綠開著車一臉兇狠的出現在我面前。

「在喝到咖啡之前，我什麼事也不會招的。」

於是我們火速殺到一家不打烊的連鎖咖啡店，還好在台中這種地方多的像7-11一樣，否則我恐怕一整晚也無法平靜我的心跳。

當喝下第一口熱拿鐵時，我單刀直入的招了：「我做了。」

「小山不是也在找妳嗎？」

「嗯。」

「那表示？」

「小光，他今天突然出現在我面前。」

我看到小綠倒抽了一口氣然後張大了嘴，足足有三分鐘那麼久。

真的有三分鐘，因為我還偷偷瞄手錶計時。

嘖！都什麼時候了！我居然還有時間對錶？我簡直不可原諒！

「怎麼這麼突然？太猛了吧？我沒有辦法接受這個事實！」

「我也沒想到他怎麼會突然出現。」

「感覺怎麼樣？」

「疑？」

「實際做了之後的感覺啦！還懷疑哦？」

「哦……哎～～一直到現在我還是沒有辦法恢復正常的心跳耶！一想起來就忍不住臉紅心跳！真的很討厭自己這個樣子耶！」

「哎喲～～好死相的感覺——幾次？」

「疑？」

「總共來幾次呀？不然怎麼會弄到三更半夜？妳不是下午就閃人了？」

「哦……要怎麼清楚的分辦次數？」

「哎喲喲喲！！！！瞧瞧你們！果然不只一次！真是死相的要命！」

哎！我是不是找錯人商量了？本來還以為小綠是我的朋友裡最正經的一個，沒想到她現在卻比我這個當事人還激動。

「喂！妳冷靜下來替我想想該怎麼辦呀。」

「什麼怎麼辦？終於告別資深玉女的行列了不是很可喜可賀嗎？雖然比原訂計劃晚了兩個月，但是感覺還不錯吧？原來妳是喜歡不按牌理出牌的那種呀！哎喲喂呀！真死相！」

「好說好說，呵呵……喂！我現在是腳踏兩條船耶！妳怎麼能夠容許朋友做出這種人神共憤的事情？」

「這倒是……不過說真的，換成是我的話也不知道該怎麼辦才好呀！乾脆就繼續這樣下去也不錯呀。」

「喂！」

「好啦好啦！妳最煩惱什麼？」

「我要怎麼跟老兄交待呀？」

「他本來就不知道妳還是資深玉女了不是？有什麼關係嗎？這樣一來剛好也扯平啦！」

「他會在意的不是這個吧？」

「說的也是哦！畢竟這是發生在他任內的事情。」

「既然事情演變成這種田地，當務之急是妳得先讓我弄清楚妳真正的心意才行。」

「是，小的悉聽尊便。」

「妳現在的心意是傾向於該如何跟小山說對不起，但是妳找到真愛了！還是想跟小光說對不起，妳已經有真愛了。」

「哎～～」

「這很重要哦！妳得自己做出決定才行！沒有人可以替妳決定的。」

「如果真的得二選一的話，我想選擇老兄所造成的傷害會比較小吧！」

「妳確定？沒有一點的勉強嗎？不後悔？就跟定小山了？嫁定他了？」

「畢竟我們都已經論及婚嫁了耶！他前幾天還問我要不要找時間去看房子了。」

「哎！可憐的小光，知道事情的真相之後，肯定是會心如刀割的吧！」

「妳不要再煽動我的情緒了好不好？」

「嗯，看來妳是真的確定了自己的心意，既然如此，眼前妳又有兩個選擇。」

「自殺或者被殺嗎？」

「疑?妳自己也有這種覺悟呀!不過我看妳應該是沒種自我了斷的那種人吧!只敢在手腕上輕輕劃一刀就嚇得叫救護車了!哈哈!」

「……」

都什麼時候了!這娘兒們還有心情取笑我?

「好!真的不鬧妳了!妳還是有兩個選擇,第一個是據實以告,當然重點是要讓老兄明白最後妳還是想和他共度餘生的,或者乾脆隱瞞到底,當作夢一場、什麼也沒有發生過,不過我看像妳這樣的膽小鬼,一定還是會忍不住心虛全盤托出的吧!所以在這裡又有一個重點了!那就是妳千萬要省略臉紅心跳的那一部份,否則這樣一定會造成他的心理障礙的。」

「為什麼?」

「男人總是希望自己在床上是最棒的不是?」

「哦。」

「嗯,過來人的經驗談哦。」

「那小光呢?我的兩個選擇是什麼?」

「至於小光的話，妳只有一個選擇，那就是很誠懇的告訴他說，妳對他是一時的意亂情迷，請他把妳忘了再找其他更好的女人吧！」

「好難哦！我不知道能不能做得到耶！該怎麼開口呀？怕怕！」

「撒嬌也是沒有用的哦！」

「哎～～如果到時候可以撒嬌然後一筆帶過的話多好！」

「看妳這種個性，身為好友的我可是要再三叮嚀妳哦！」

「還有哦？」

「嗯，千要不要再優柔寡斷下去了！」

「疑？」

「妳不果決一點及時斬斷情絲的話，這只會造成更大的傷害！對小山是，對小光也是，對妳也是！」

哎～～我本來就不是那種能夠乾脆的個性呀！

怎麼辦？為什麼在這裡緊要關頭卻不能以撒嬌帶過呢？

哎～～

# 第十五章

從家裡二老的反應來看、足以證明我的決定是對的。

對於女兒居然膽大包天、未經過核准就擅自決定外宿的這個罪行，父親大人的反應顯得相當平靜，平靜到我忍不住要懷疑昨天是確有其事？或者只是我做了一場夢而已？

如果只是一場夢就好了！

「該做的防預措施有做吧？」

「疑？」

「套子呀！有戴吧？」

「哦，有呀。」

「嗯，這樣才對呀！一開始就養成好習慣的話，以後才不會意外的玩出人命來。」

坦白說對於父親大人的這個雙關語，我個人還覺得滿幽默的。

只是現在的我壓根笑不出來。

「下不為例哦。」

「什麼？」

「門禁時間呀！這次是看在犬山的面子上才不跟妳計較的。」

「是，遵命。」

如果他們知道其實女兒昨天是跟小光在一起，而老兄只是出於善良替我掩蓋罪行的話，他們不曉得會有什麼反應？

我簡直不敢想像，那對我來說可能就和世界末日一樣可怕。

「妳是一夜沒睡哦？怎麼看起來恍恍惚惚的？跟妳講話都沒專心聽。」

「啥？」

「巧巧，小山來找妳囉。」

我們父女倆同時轉頭，原來是老媽帶著老大買完早餐回來，在路上恰巧遇見老兄。

「你們怎麼一前一後的？」

糟糕！該不會就這樣被父親大人識破吧？

「哦，我剛先去補習班拿東西，所以晚了點過來。」

老兄簡直是我的再造恩人！

「我們出去吃早餐好不好？」

於是我們去麥當勞吃早餐。

「可以跟我說了嗎？關於昨天的事。」

據實以告？隱瞞到底？此刻我好像正面臨著人生裡最大的兩難——

「可以先問你一個問題嗎？」

「請說。」

「如果說……只是假設、那個叫作小雪的女孩回過頭來找你，告訴你其實她還是忘不了你、還是想和你在一起的話，你會怎麼做呢？會鼓起勇氣告訴你的父親自己真正的心意嗎？」

「如果沒有遇見妳的話，我會；如果是妳的話，我會。」

「疑？」

「因為我現在愛的是妳。」

我覺得好難過，我一直以為老兄只是把我當成一個適合結婚的對象，以為他只是在想結婚的時候剛好遇見了我，又那麼剛好他的父親也能認同我這個人，我一直以為一切只是因為天時地利人和。

以為這一切只是因為剛好！

「妳還愛他嗎？」

「……」

「當初為什麼分手呢？」

「因為我、當初無法定義和他的關係。」

「妳現在打算怎麼做？」

「我不知道。」

我以為老兄會篤定的告訴我當然是按原訂計劃，當作沒這件事情發生，就像他當初篤定的認為我是他百分百的女孩，篤定我會以結婚為前提和他交往……

他總是一派篤定，但是此刻的他卻選擇沉默。

我們沉默以對。

「我在想……是不是我一直沒對妳說我愛妳，所以妳感覺不到我真正的心意，所以妳以為我只是把妳當成一個適合結婚的對象？」

「對不起。」

「別這麼說，該說對不起的人應該是我。其實我一開始對妳的確是這種想法，但是越了解妳以後、就越是確定我是真的喜歡上妳這個女生，只是我卻一直以為沒有必要特別說出來，所以遲遲沒有讓妳感覺到我真正的感情，這是不是也是妳現在無法定義我們之間感情的原因？」

「……」

「我們好像是、成長背景相似但個性是完全不同的兩個人吧！從小我就是乖乖牌，什麼事情都按照父親的期望去做，父親要我用功讀書，父親要我守規矩……」

「我爸爸也是這樣要求我呀！只是他也看破了我身上到底流著媽媽的血液，所以註定了從小就優秀不起來。」

「妳們母女倆真的很愛互相吐嘈耶！」

我們相視而笑，氣氛終於不再令人窒息。

「但是妳一定不像我，父親教我怎麼考試拿高分、卻沒教我怎麼交朋友，所以我從小就和同學保持禮貌但是卻疏遠的距離；妳以前會不會也覺得班上總是會有一群特別會玩、特別引人注意的風雲人物？」

雖然很不好意思承認，但是我從小就是那種人之一，只是我一直以為我們應該是被歸類到搗蛋分子的行列，沒想到原來還沾得上風雲人物的邊呵！真不曉得該高興還是該羞羞臉。

「我以前一直就很希望能成為那些同學的一份子、想和他們打成一片，但是卻一直以為自己辦不到，一直到我遇見了妳、認識了妳的家人和朋友，我很喜歡你們相處的模式，也很高興能夠加入你們的生活圈，這就是我喜歡妳的原因。」

我決定坦白。

「他是我的學生，店長的兒子，你可能聽說過但沒見過本人吧！這就是為什麼我一直沒有辦法定義和他真正關係的考慮；你可能不知道，我們這種人只是愛玩會玩，其實膽子是比誰都還小的。」

「……」

「我是聽你說了之後才發現，我對他好像也是這種感覺，我在潛意識裡羨慕那種不受拘束、甚至可以說是我行我素的個性；我總覺得他們身上好像有一雙看不見的翅膀似的，可以飛翔，可以拋開世俗的偏見。」

「妳也可以、成為那種人呀！」

「我充其量只能假裝自己是，但到底還不是呀！他們畢竟、太遙遠了。」

「所以、你能夠原諒我這一次的任性嗎？原諒我昨天的失禮……」

「坦白說，我已經厭倦了什麼事情都要追求完美。」

「？」

「愛情不一定要從頭到尾都非完美不可呀！就算有過一段小插曲那又怎樣？」

「謝謝……」

「不過我不會假裝好像什麼事情也沒有發生過一樣。」

「？」

「我會好好記住妳的心情，然後更珍惜我們的感情。」

「謝謝……」

除了謝謝，我還能說什麼？

不過我開始也覺得，把什麼事情都攤開來講明白，其實也是挺好的一件事情。

雖然我確定了自己的心意，和老兄的心意，對於彼此的心意，但是我卻萬萬沒有料想到會在完全沒有預警的情況下面對小光。

我知道該來的總是會來，只是沒想怎麼會來的這麼快！

我們從麥當勞走回家的時候，在巷子口遇見小光，或者說小光遇見我和老兄，遇見我們牽著手走路回家。

我當然明白此刻小光當下的憤怒與錯愕，我們昨天才一同度過難忘的情人節，而此刻要親眼目睹我和別人親密的情景。

我知道我對不起他。

「我錯過了什麼嗎？」

小光冷冷的凝視著我，不知道為了什麼，當他望著我的時候，我卻下意識的鬆開了老兄的手，不自覺的。

我怎麼會膽小成這樣？

「我是巧巧的未婚夫，她剛剛已經向我解釋過了你們的情況。」

「未婚夫？」

「我們——」

「能不能讓我和小光單獨談談？」

既然是自己闖下的禍就得自己來收拾這一發不可收拾的局面，所以我怎麼好意思再讓老兄來替我傷這個腦筋。

於是我上了小光的車，他握著方向盤漫無目的地開著，一路上我們始終沒有交談，最後小光在一處空曠的路旁停下車，終於開口問道：

「這是妳用來讓我死心的一個臨時演員？」

「真的，我們已經見過雙方的家長，秋天就要結婚了。」

「這就是為什麼妳要半夜逃走的原因？」

我覺得好難過，要怎麼告訴小光之所以會倉促離開，是因為當時我望著身旁他那孩子似的睡顏，那不設防的孩子氣提醒了我，我們之間那道無形的牆。

他雖然跨越過來了，但是那並不代表那道牆就不存在。

「是我先愛上妳的！為什麼現在卻好像變成了我是第三者？」

「他也在補習班教日文，我們認識的第二天他就向我求婚了，一切來得太快太突然，不知不覺的我們就變成了那種關係。」

「那我們算什麼？」

「……」

「妳那時候完全沒有想到我？妳忘了我一直在等妳？妳沒有告訴他、妳和我在交往嗎？」

「那是交往嗎？」

「怎麼會不是？我每天去補習班為的只是想看妳、想陪妳走那十分鐘的路、說十分鐘的話！我們還一起過了情人節、還接吻了不是？這不是交往是什麼？」

「但是你知道嗎？店長也問過我這個問題，你離開台灣的那個下午，她問我說我們是不是在交往，當我告訴她沒這回事的時候，我看見她鬆了一口氣的表情。」

「妳為什麼要那麼在意別人的感受？」

「不只是這樣，是因為我看不見我們的未來，我找不到永遠。」

小光像是賭氣似的不肯開口，他只是堅定的望著我，像宣示像質疑；宣示他的真心、質疑我的真心。

「抱歉我撒了謊。」

「是關於妳昨天說愛我的那部份嗎？」

「是關於我騙你說沒收到MAIL的事。」

「為什麼？」

「我不知道，我明明有很多機會可以告訴你的，但是看到了你、甚至只是透過電腦讀你的MAIL我都開不了口，我只要一想到你總是那樣勇敢執著，好像什麼事情都阻止不了你……我就越忍不住膽怯，忍不住要懷疑事情真的像你說的那麼簡單嗎？」

——我真的認為這是我們女人在選擇另一半的時候最重要的就是看那個人有沒有帶給妳安全感哦。

「而且，我從你的身上得不到安心的感覺。」

「妳擔心什麼？」

「我擔心你為什麼要愛我？你會愛我多久？如果有一天你厭倦我了怎麼辦？和你在一起的時候我總是猜疑、總是嫉妒，總是沒有辦法平靜下來仔細的思考除了愛情之間以外的事情，我總是跟著你難過而難過、因為你笑而笑，我總是傻楞楞的就聽了你的話、就跟你走了，我真的很討厭那樣的自己，這開始已經變成不只是年齡差距的問題了！而是有沒有信心能夠單純去愛的問題！」

「所以妳就決定愛他？」

「所以我看見了我們的未來，所有人都看見了我們的未來，好像就擺在眼前一樣，太清楚了。」

「妳就、那麼想嫁他？」

「我不是你！我已經二十四歲了！」

「妳才二十四歲！又不是三十四、四十四、五十四！」

「你還是弄不懂我的擔心，不是嗎？」

「妳真的……妳真的很膽小又沒用！我真的不知道妳為什麼要那麼害怕。」

「可我就是怕呀！」

「可是我真的還是好愛妳。」

忍不住我還是哭了！還是像我的擔心，他總是能夠輕易的惹出我的眼淚，然後以一種置身事外的姿態，說那只是我的多心。

「我倒想問問妳，怎麼樣才能停止不去愛妳？怎麼樣才能像妳那樣乾脆的擺擺手，說：欸！對不起、我想我還是不要愛妳好了！我們就當什麼事也沒有發生過好了！怎麼可能辦得到？妳真的以為我辦得到？妳怎麼會以為我堅強？」

「小光……」

「我都已經這麼愛妳了！那是說幾次都不夠的呀！妳又不是我、妳怎麼會知道？我沒有一刻不想妳，不管我在哪裡、不管跟誰在一起，我都只希望身邊的人是妳，我每天一睜開眼都想看到妳、每一刻都想告訴妳我愛妳！妳為什麼還要懷疑我是不是真愛妳？會愛妳多久？能愛妳多久？我只懷疑要怎麼樣才能停止去愛妳！」

「對不起。」

「妳知道嗎？我還是好想把妳抱住。」

——妳不果決一點及時斬斷情絲的話，這只會造成更大的傷害。

——我會好好記住妳的心情，然後更珍惜我們的感情。

我想起其他的人，其他關心我、愛我的人。

我掙扎著，最後卻還是走進小光的懷裡，就像是被他施了魔咒一樣，我總是不知不覺的就聽了他的話、就跟在他的身後走去。

終於我繞了一大圈、用盡了所有的力氣，卻還是只能在原地踏步，還是辦不到乾脆的一刀兩斷。

還是辦不到避免讓愛我的人受到傷害。

還是討厭這樣的自己。

# 第十六章

我家的巷子口不知道什麼時候開始變成了新的觀光景點了！

因為當我和小光分手之後，這次換成小六在這裡堵我。

「你來幹嘛？」

「來關心一下好友的近況呀。」

「神經病。」

「兩個選擇，補眠還是喝咖啡？」

雖然我已經一天一夜沒闔上眼，但我還是選擇了後者，因為此時的我已經完全喪失了睡眠的慾望。

「我聽小綠說了。」

「我想也是。」

也好，省去我還要解釋的力氣，我已經沒有多餘的心力了！

「所以我才趕緊取消今天的六個約會，跑來這裡專程堵妳。」

「你是有病哦？」

「有病的是那女人！她怎麼可以未經過大家的同意就擅自給妳亂出主意呢？」

「你真的有病。」

「心理測驗。」

「幹嘛？」

「如果妳已經和小犬約好了一起見面，妳會因為我們臨時找妳而取消和他的約會嗎？為什麼？」

「應該會吧！反正我們幾乎每天見面的，不差這一次吧。」

「如果妳已經和小光約好了一起見面，妳會因為我們臨時找妳而取消嗎？為什麼？」

「怎麼可能！那小鬼可不是那種會善罷干休的個性耶！」

「答案揭曉，事實證明妳明明就比較喜歡小光。」

「事實證明，你根本就只是對老兄有偏見，而且、你們不要再叫人家小犬了好不好！真的很失禮耶！」

「妳明明就把他擺在第一位，誰都聽得出來吧！」

「並沒有，那只是因為小光的個性比較差而已。」

「妳知道真正的問題出在哪裡嗎？」

「什麼問題？」

「妳不能拿衡量小犬的標準去衡量小光。」

「我沒有。」

「就是有，所以妳才會得到一個結論，以為選擇小犬才是正確的。」

「你根本就是為反對而反對。」

「那如果妳拿衡量小光的標準來衡量小犬呢？妳會得到什麼答案？」

「……」

「這就是小綠不可原諒的地方。」

「什麼跟什麼呀？」

「妳不覺得從頭到尾是她在誤導妳的思考嗎？她根本從一開始就站在小犬那一邊。」

「我真的也、搞不懂了。」

「你們談過了嗎？」

「嗯。」

「結果呢？妳的決定還是沒變？」

「結果我發現當我面對老兄的時候，我的選擇是他，但是當我又面對小光的時候、心馬上又偏向他，我的心好像就在這種左右為難的情況下搖擺不定！心真的很痛你知道嗎？愛情為什麼要這麼討人厭！」

「妳還記不記得那一次在電話裡，妳第一次談起小光的心情？」

「我記得你是個大嘴巴的這件事情。」

「呵！可是妳知道嗎？妳那時候的聲音口氣聽起來就是……我也學不來啦！反正重點是我沒聽過妳用那種口氣談過小犬。」

「……」

「我知道怎麼形容了！」

「請說。」

「那時候妳的聲音透露出來的是想愛但是怕受傷害的心情，而當妳談起小犬的時候，是一種不怕受傷害、所以才放心愛的感覺，這樣妳明白這兩者的差異嗎？」

「我不明白你幹嘛老是和小綠持反對意見。」

「心理測驗。」

「又來了。」

「在若干年後有天午夜夢迴，當妳望著身邊那個人的時候，妳會希望自己的想法是：哎！還好當初選了這個人！或者：哎！為什麼當初不是選那個人？」

「什麼這個那個的？」

「我的意思是，雖然妳看見了和小犬的未來，雖然妳看不見和小光的，但是妳怎麼知道看見的就是最好的？看不見的就不好？」

「我該、去上課了。」

我根本不敢思考這個題目，因為這對我而言是兩個未來，而此刻的我正站在懸崖的邊緣；見我逃避，小六也只好莫可奈何的送我去補習班，只是沒想到我們卻在門口遇見了老兄——

「你不是沒課嗎？怎麼來了？」

「我來幫妳代課，我已經先跟店長說過了。」

「為什麼？」

「因為我不知道妳會不會回來？而且、妳一夜沒睡不是嗎？」

我心一緊，眼淚差點掉下來。

我可以感覺到，我的心好像已經脹滿了似的，只要一個輕輕的觸碰、馬上就會崩潰了的。

「我說你呀！」

「小六！」

小六不曉得為了什麼突然情緒激動了起來！他捉著老兄的領子、像是要放狠話似的，本來我以為他會說：你就識相點給我退出！

但他不是，小六說：

「既然你真的那麼愛巧巧，那你就要主動爭取、表示你自己的看法呀！你老是這樣躲在後面默默的對她好、老是假客套的說尊重她的意見，你這樣算什麼男人！」

我們都嚇了一跳，連小六自己也嚇了一跳。

在回去的路上，我忍不住想消遣他：

「你剛剛是鬼上身啦？不是說推掉了幾個約趕來阻止我的決定，怎麼才一轉眼、馬上就改變心意了？」

「大概是一時也被他感動了吧？怎麼會有人個性會好成那樣！男人被男人感動到的感覺真的很差耶！」

「花心大少被專情男子感動到的感覺才差吧！」

「哈！被兩個專情男人感動的感覺才差吧？」

「哪壺不開提哪壺。」

「不過這並不代表我就支持小犬了哦！」

「知道啦。」

「不准把這件事情說出去哦！否則我們的友情到此為止。」

「是，遵命。」

「妳不要老是那麼聽話好不好？」

「好。」

「哎！妳真的很討人厭耶！」

嘖！

彼此彼此吧！

不知道是不是累過頭了，回家之後我終於能夠沉沉睡去，而當我再醒來的時候、家裡只剩下父親大人。

「媽媽呢？」

「被妳大姐找去當臨時保母。」

「哦。」

「犬山中午的時候來過哦。」

「疑？」

「他來補送妳的生日禮物，說是他一直忘了拿給妳的。」

我打開一看，果然就是戒指。

「我剛剛在回來的路，看見小光在巷口徘徊。」

「小光？」

「我問他要不要進來坐坐？但他說他只是剛好路過。」

「哦。」

「不是剛好路過吧？」

「疑？」

「我下午出門的時候看到他剛好來。」

「這樣呀。」

「為什麼要說謊呢？」

「說謊？小光嗎？」

「補習班一大早沒開吧？犬山為什麼要替妳說謊呢？」

「對不起。」

「小妹呀！妳從小就是五個小孩裡面最乖最聽話的一個，但是反而因為這樣，妳是最讓我擔心的一個，妳知道嗎？」

「怎麼會呢？這樣不是很好嗎？」

「這樣不好，大人說的話又不一定全是對的，就算是對的，也不一定是適合妳的呀！」

「但我也是個大人了不是嗎？」

「真的是這樣嗎？還是只是把自己裝成大人的樣子？」

「……」

「妳知道我最想看到妳什麼嗎？」

「結婚？」

「結婚又不是我們被生下來的目的！我最想看到有一天，妳會肯定的告訴我妳想要怎麼樣的人生，想過什麼樣的生活，重要的不是我們想妳怎麼過，而是妳自己的想法呀！」

「可是——」

「我也很喜歡犬山呀！也很高興妳能和他結婚呀！但是妳之所以想嫁給他的原因不能只是因為他是個好人，然後向妳求婚，所以妳答應了，不能只是這樣呀！」

「爸爸……」

「妳要聽聽自己的心想說什麼，知道嗎？」

——**妳為什麼要那麼在意別人的感受！**

「幫我帶老大出去散步好不好？」

「疑？」

「牠最近太胖了！不多運動不行呀！」

「你也是吧！坐著的時候不覺得都被肚子卡到了嗎？低頭確定看得到自己的腳指

頭嗎？」

「很好，終於開始敢當面消遣老爸囉！」

於是我笑著帶老大出門，帶著忐忑不安的心情出門，然後我遇見小光，他『剛好』還在那裡。

他抬起發現了我，我看見他眼底佈滿的血絲，我看見那是他折磨自己的證明。

「我去……補習班，結果他告訴我，妳今天在家裡休息。」

「犬山？」

「嗯，我們聊了一會，他請我吃麥當勞。」

「沒看過那麼愛喝可樂的大人吧！」

「嗯，他人很好，而且還高我兩公分。」

「你在說什麼呀！」

「妳可以放心，我沒有告訴他，我們上床的事。」

「疑？」

「因為他好像很好奇我們相處的情形，不過我想他應該不是在意那個吧！所以……」

「我知道，他只是想知道我在你面前是什麼樣子吧！」

「所以我想、跟妳道歉。」

「為什麼？」

「因為我一直沒有先問妳是不是有男朋友了？我總是理直氣壯的以為妳一定也像我愛妳那樣愛我，所以……而且妳還是……我才一直以為……吼！我到底在說什麼呀！」

我笑了笑：

「不用道歉呀！」

「為什麼？」

「那是很好的經驗不是嗎？我很高興第一次是跟小光哦！」

「但是為什麼你們還沒有？」

「嘖！大人的事、你們小鬼頭懂什麼！」

「沒禮貌。」

小光終於笑了，他的笑容真的很迷人，很好看，也很溫暖。

「其實小光才是大人吧。」

「什麼意思？」

「仔細回想我們相處的情況，好像我是小孩子、你反而才是大人呀！沒想到我居然會輸給你耶！真討厭。」

「是妳贏了吧！」

「疑？」

「妳贏了我的心呀。」

——妳要聽聽自己的心想說什麼！

「不過妳不用擔心的，我不會再說出這些令妳困擾的話。」

「疑？」

「其實我是來跟妳告別的。」

「你要、走了？」

「嗯，本來我就是偷偷回來的，而且現在也……總而言之，我還是得回去了。」

「什麼時候的飛機？」

「我想一個人走。」

「為什麼不讓我送你？」

「因為我不想看妳淚灑機場呀！」

「是你吧！豬頭。」

「真的該讓老大減肥了。」

「幹嘛轉移話題呀？真不像你的作風耶！」

「不要再讓牠吃巧克力了！」

「小光！」

「bye bye。」

真的就要再見了嗎？還能再見嗎？

「如果當初我留你下來的話，現在是不是就會不一樣了？」

「或許吧！不過我敢肯定的是，妳一定沒有辦法在二十四歲的時候把自己嫁掉，可能男人運還是會繼續的差下去也不一定。」

「你個性真的很差耶！」

「要幸福喔！」

「疑？」

「關於我說要妳永遠記得我的這件事情。」

「我不會——」

「妳不用記得我也可以，只要妳幸福就好了。」

「小光……」

「幸せで。」

# 第十七章

隔天老兄好像心情很好的樣子，雖然老媽已經當完免費保母銷假回來了，但老兄還是提議我們去麥當勞吃晚餐。

「我昨天也和小光來這裡。」

「我知道。」

「妳知道？」

「嗯，他昨天來找我，向我告別。」

「真的很巧。」

「什麼？」

「你們不但是喜歡吃的食物、就是連選的位子都一樣。」

我有一種很奇怪的感覺，雖然沒有辦法很仔細的說明白，但是總覺得眼前的老兄好像有某個部份變了。

「和小光說過話之後，我終於可以明白妳說過的，身上好像有一雙看不見的翅膀，我知道那種感覺了。」

「他現在可能正在飛吧！」

「疑？」

「他回日本了，還裝成熟的祝我們幸福，真的是很做作耶！」

「妳怎麼會沒發現呢？其實你們是同一種人呀！」

「我們？」

「真的，這是我的感覺。」

「……」

「很奇怪對不對？我應該很生氣他想搶走妳，又惹妳掉眼淚，但是我卻完全不討厭他，我想那大概就是他的魅力吧！雖然明知道他的威脅性、但就是沒有辦法去討厭。」

「他……」

「他很率直不是嗎？而妳也是呀！或者說妳應該也是呀！如果不要那麼在意別人的感受、不用害怕讓別人受傷，再勇敢一點的話，妳的本質應該是很直率的。」

「你們、都說了些什麼？」

他們是聊了什麼？竟會讓老兄的轉變這麼大？

「大部份是聊關於妳的話題，他說妳沒禮貌膽小子個性又不好，只是看起來好像很好相處的樣子，還叫我不要對妳太好，會把妳寵壞了，他說妳會得意忘形。」

「這小鬼！居然偷偷在背後說我壞話！」

饒不了他！

「所以妳才會真的愛上他不是嗎？」

「……」

「我可以感覺的出來喔！他開始想要改變率直的那一部份，開始也害怕傷害到別人。」

「怎麼說？」

「他不是祝我們幸福嗎？只是逞強吧？其實心是苦的。」

——幹嘛轉移話題呀？真不像你的作風耶！

——妳可以不要記住我也沒關係，只要妳幸福好了。

「真不想看那孩子變得不率直的樣子耶！」

「犬山……」

「問妳一個問題：是認識的第二天就向妳求婚瘋狂？還是為了想實現讓妳幸福的諾言、所以特地回來送戒指瘋狂？」

「……」

「其實我會這麼問，是因為被他說我很瘋狂。」

「他說你瘋狂？」

「嗯，他說怎麼會只憑妳的外表就想和妳結婚？他還問我知不知道妳很懶又反應慢的這件事？」

「過分！」

「不過妳也很瘋狂呀！居然第一次相親就把自己打扮成媒婆的樣子。」

「他連這個都說了？可惡！我要殺了他！」

老兄開心的笑著，笑得就像跨年那天一樣的開心，我甚至還看到了他眼角流出了一滴淚，只是我不確定那是什麼樣的眼淚。

「妳真的很幸福。」

「嗯？」

「小六呀！我第一次看到他那麼正經的模樣，說完之後自己還會覺得尷尬，真可愛。」

「喔……嗯，他們那群人嘴巴雖然毒辣，但是人其實都滿好的，只是老愛說別人壞話而已。」

「我們也當一輩子的朋友好不好？」

「疑？」

我驚訝的望著老兄，但他看起來不像是在開玩笑的樣子。

沒想到他接下來說的事情更是令我狠狠倒抽了一口氣——

「要不要和我一起去日本？」

「吭？」

「不知道為什麼，和小光聊過之後，我突然想起小雪。」

「你的意思是？」

「人生至少要真正瘋狂過一次吧！」

「你想去找她？」

「嗯，記不記得妳問過我，如果她回過頭來找我的話怎麼辦？現在的我反而比較想知道她會有什麼反應？而且、我們曾經那麼相愛過，我們是很契合的一對情侶喔！」

「可是……」

「可能會被拒絕也不一定吧！但是不去努力怎麼會知道結果呢？」

「但是你爸爸？」

「他不贊成也不反對，其實伯父說的很對，大人不一定只是想要我們聽他們的話，或許他們真正想看到的，是我們終於知道自己想要怎麼樣的人生吧！終於敢說出自己的想法才能真正令他們放心吧！」

「原來你也被說了一頓呀！」

「嗯，雖然伯父叫我不要說、但其實是他叫妳大姐支開伯母的，他怕伯母又亂出主意礙事。」

「這老頭……心機真重耶！」

「很好的父親不是嗎？」

「就是呀！真搞不懂他當初怎麼看上我媽呢？」

「あの、雖然我還是個外人，但是我總覺得和長輩說話還是應該維持基本的禮貌會比較適當些吧！尤其又是懷胎十月、生育教育我們的媽媽。」

於是我們兩個人扶住桌角放聲大笑。

沒錯，我們已經不是涉世未深的小鬼頭了，但是誰規定只有小鬼頭才能在麥當勞裡放肆大笑？

大人也有愛喝可樂愛吃麥當勞的權利好不好！

我想我得收回老兄真的很怪的這句話。

所以一個月之後，我們一起搭上飛往日本的飛機，尋找各自的人生。

當一輩子的好朋友。

當小綠聽說之後，她問說店長怎麼辦？

我說她自己看著辦吧！誰要她把兒子寵得個性那麼差？

她還問了一堆可是——

沒什麼好可是的，反正老兄說他會負責幫我介紹工作，父親大人也說他會認命養女兒一輩子，再不然到姑姑家去當女傭，學習做個好太太也不錯。由此足以證明，老爸雖然了解自己的女兒，但是還是不夠了解同個爹娘出生的妹妹。

老媽雖然不爽被矇在鼓裡，但倒是不贊成也不反對，她說反正她也穿膩了香奈兒。

基於這點，我得收回她只是個拜金歐巴桑的這句話，而且她真是個好媽媽。

當然我是不會親自對她承認的。

我們對於吵吵鬧鬧沒大沒小、互相消遣求進步的相處模式倒挺樂此不疲的。

最高興的是我那票哥兒們。

聽說他們準備等我安頓好之後，就蓄勢待發組團到日本——看看有沒有更花俏的賓館。

簡直亂七八糟，完全不會想在我面前表現出高尚男人的一面。

至於小光呢？

他雖然心底高興的要命，但還是裝腔作勢的說無所謂，有個男人運差的女朋友倒也不是什麼壞事。

我才想說是他想太多了咧！我只是去日本找他算帳而已！

因為我堅持老兄之所以改變決定想和我當一輩子的朋友，完全是因為小光在他面前說我太多壞話的關係。

所以這次換我去找他，去搗亂他的人生。

但是我們會不會幸福呢？

套句老兄說過的話——不去努力怎麼會知道呢？

人生總要瘋狂過一次呀！

所以，要幸福喔！

幸せで！

*The End*

國家圖書館出版品預行編目資料

幸福，不見不散／橘子著. --初版，臺北市：
春天出版國際，2006 [ 民95 ]
-- 面； 公分. --（橘子作品；10）
ISBN 978-986-6899-12-6（平裝）
857.7 95024314

橘子作品 10

# 幸福，不見不散

作　　者◎橘子
企劃主編◎莊宜勳
封面設計◎小美@永真急制Workshop
美術設計◎陳偉哲

發 行 人◎蘇彥誠
出 版 者◎春天出版國際文化有限公司
地　　址◎台北市信義路四段458號3樓
電　　話◎02-7718-0898
傳　　真◎02-7718-2388
E-mail◎frank.spring@msa.hinet.net
郵政帳號◎19705538
戶　　名◎春天出版國際文化有限公司
法律顧問◎蕭顯忠律師事務所
出版日期◎二〇〇七年一月初版一刷
◎二〇一三年五月初版五十六刷
定　　價◎180元

總 經 銷◎楨德圖書事業有限公司
地　　址◎ 新北市新店區復興路45號3樓
電　　話◎02-2219-2839
傳　　真◎02-8667-2510
印 刷 所◎鴻霖印刷傳媒股份有限公司

版權所有・翻印必究
本書如有缺頁破損，敬請寄回更換，謝謝。
ISBN-13：978-986-6899-12-6
ISBN-10：986-6899-12-8
Printed in Taiwan